저의 기쁨입니다

My pleasure

저의 기쁨입니다 My pleasure

초판 1쇄 · 2024년 9월 30일
초판 2쇄 · 2024년 11월 8일

지은이 · 금선주
펴낸이 · 한봉숙
펴낸곳 · 푸른사상사

주간 · 맹문재 | 편집 · 지순이 | 교정 · 김수란, 노현정 | 마케팅 · 한정규
등록 · 1999년 7월 8일 제2-2876호
주소 · 경기도 파주시 회동길 337-16 푸른사상사
대표전화 · 031) 955-9111(2) | 팩시밀리 · 031) 955-9114
이메일 · prun21c@hanmail.net
홈페이지 · http://www.prun21c.com

ⓒ 금선주, 2024

ISBN 979-11-308-2174-0 03810
값 19,000원

푸른사상
산문선
55

저의 기쁨입니다
My pleasure

금선주 산문집

"My pleasure!"

초록색 얇은 코트 안에 바람을 잔뜩 품고서 마치 메리 포핀스처럼 하늘로 붕 날아올랐던 아찔한 순간 저를 구해준 호주 신사분이 하셨던 말이지요. 그분의 말이 저의 인생관이 되었습니다.

저는 1991년부터 2021년까지 30년 세월을 우리나라와 해외 여섯 나라를 오가며 살았습니다. 남편이 기업체의 해외 주재원으로 근무했기 때문입니다. 처음 호주로 갈 때 당시 김포공항으로 배웅을 나왔던 친구가 "비행기를 타고 외국에 가는데 영화에서처럼 챙 넓은 멋진 모자를 쓰고 가야 하는 거 아니야?" 했던 말은 지금도 저를 웃음 짓게 합니다.

호주에서 한국으로, 다시 네덜란드와 이탈리아 법인장으로 잇달아 발령이 난 남편을 따라 낯선 이국땅에서 사는 삶이 이어졌습니다. 여행지로서는 더없이 아름다운 나라였지만, 이방인으로서 살아가야 하

는 일상은 그리 녹록하지 않았습니다. 언어와 문화의 차이 그리고 향수병은 물론 회사와 주재원들의 일들로 긴장 속에서 살아갈 때가 많았습니다. 난관에 부딪힐 때마다 지혜를 발휘하며 극복할 수 있도록 도와준 고마운 분들의 얼굴이 떠오릅니다.

브라질과 러시아 그리고 싱가포르에서 남편은 지역의 총괄로 일했습니다. 브라질에서는 50개국 이상의 법인을 책임진 남편에게 회사에서 특별히 전용기를 마련해주기도 했습니다. 2021년 싱가포르에서 귀임하며 유목민처럼 살던 삶을 정리했습니다. 이 글은 이러한 여정에서 제가 경험한 것들을 담은 것입니다. 해외 주재원들의 삶을 이해하는 데, 조금이나마 도움이 되었으면 좋겠습니다.

이 책의 토대를 마련해준 저의 남편 이상철 님께 기쁨을 선물합니다! 저에게 '엄마'라는 인연으로 오신 김수영 시인의 부인인 김현경 어머님께도 인사를 올립니다. 문학의 가치를 일깨워주신 맹문재 교수님 고맙습니다. 책을 예쁘게 만들어주신 한봉숙 대표님과 푸른사상사 편집부에도 감사드립니다. 제 글을 칭찬하고 추천해주신 윤부근 부회장님과 홍창익 비오 신부님 그리고 정홍수 문학평론가께도 머리 숙여 감사드립니다. 책 속에 등장하는 친구들과 주재원 부인들 그리고 저를 응원해주시는 이웃들에게도 기쁨을 전합니다.

아들 민섭과 딸 서희에게 무엇보다 큰 사랑을 전합니다.

모두 저의 기쁨입니다. My pleasure!

2024년 9월
금선주

네 번째 하늘 브라질

다섯 번째 하늘 러시아

여섯 번째 하늘 싱가포르

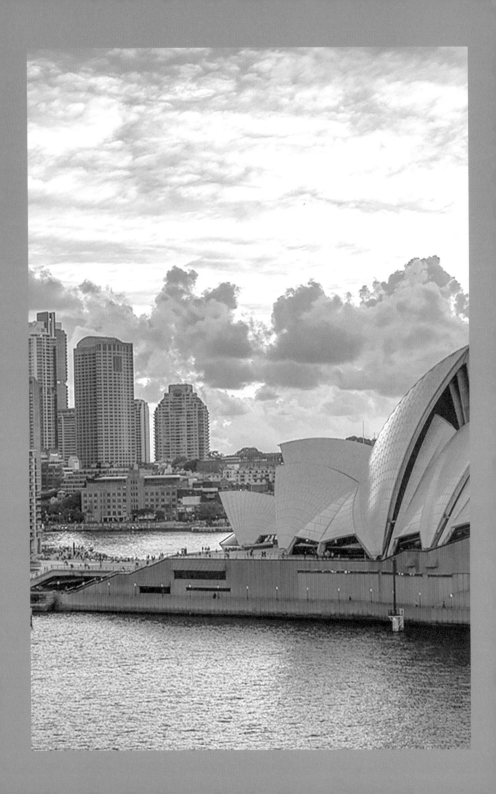

첫 번째 하늘 호주

1991~1996

시드니의 첫날 밤

        아들의 호기심 가득한 눈동자와 마주치자 세관원들은 미소 띤 얼굴로 윙크를 하더니 짐 검사 없이 출입문을 통과시켰다. 신나서 서둘러 카트를 밀고 나갔다. 문이 열릴 때마다 이제나저제나 지켜보고 있었던 남편은 부리나케 달려왔다. 두근대던 가슴에 알싸한 느낌이 뭉클 피어오르며 눈물이 솟았다. 민망한 마음에 눈물을 들키지 않으려 공항의 천장을 올려다보았다. 엉덩이를 들고 곧 짐 위에서 뛰어내리기라도 할 듯 아들은 아빠를 향해 두 손을 뻗으며 흔들어댔다. 남편은 아이를 안아 내리다 품속에 감추었던 꽃다발을 불쑥 꺼내 내 앞에 내밀었다. 수줍은 듯 찡긋거리는 코끝이 들려 있던 장미꽃보다 빨갰다. 아이를 내려서 서로 쓸어안은 우리는 결국 왈칵 눈물을 쏟아내고 말았다. 그간의 여정이 새삼스러웠기 때문이었다.

        호주의 킹스포드스미스 국제공항에 비행기가 안착하자 졸이고 있던 가슴이 시원하게 뚫리는 것 같았다. 이민용 가방 두 개와 여행용 가방 큰 것 그리고 올망졸망 작은 것들을 모두 카트에 얹고, 맨 꼭대기에 세

살배기 아들을 앉혔다. 해외로는 첫 발걸음이라 현실감이 없는 중에도 짐 검사 없이 빨리 통과하려면 아이를 그렇게 앉히는 것이 좋을 것 같았다. 높이 자리 잡고 앉자, 신나서 들썩이는 아들에게 가방을 꼭 잡으라는 당부도 잊지 않았다.

가족은 모두 함께 살아야 한다는 내 나름의 소신이 있었다. 어린 시절 할아버지 할머니와 살았던 시간이 행복해서였다. 위로 누님 둘이 있는 남편과 결혼해서 시부모님과 함께 사는 건 나에게 너무나 자연스러운 일이었다. 행복했던 가족사에 방점을 찍고 있던 나에게 시집살이는 말 그대로 현실이었다.

신혼생활이 1년쯤 되었을 무렵 어머님이 뇌경색으로 쓰러지셨다. 눈의 시신경을 담당하는 혈관에 핏덩이가 생겨 어머님의 시야는 매우 좁아졌다. 발을 내딛는 바닥의 깊이나 높이를 가늠할 수가 없어 거동이 몹시 불편해지셨다. 평소 결벽증이 있을 정도로 완벽을 추구하는 깔끔한 성격이셨던 어머님은 당신의 병을 받아들이지 못했다. 그로 인해 우울증과 여러 가지 정신적 합병증이 동반되었다.

어머님의 히스테리 증상이 가장 힘에 겨웠다. 독한 약 때문인지 새벽마다 허기가 진 어머님은 며느리가 깨어날 때까지 부르셨다. 놀라 달려가면 어서 미음을 지어 오라고 하셨다. 첫째를 임신하고 있었던 때라 쏟아지는 잠을 쫓으며 떠지지 않는 눈으로 나는 새벽을 밟고 주방으로 갔다.

허둥지둥 압력솥에 쌀을 씻어 안치고 밥이 끓는 동안 깜빡 졸다가

치지직! 김 빠지는 소리에 놀라 벌떡 일어서다가 현기증으로 주저앉기도 했다. 지어진 밥을 다른 압력밥솥 바닥에 얇게 펴서 누룽지가 되면 물을 부으면서 고운 미음이 되도록 뭉개며 저었다. 모락모락 나는 김에 눈이 스르륵 감기다 앗, 뜨거워! 주걱을 떨어뜨리기 일쑤였다. 시간이 오래 걸리는 일이라 어서 미음을 들이려면 몸보다 마음이 앞섰다.

나는 그때서야 깨달았다. 조부모님과의 행복했던 시간은 엄마의 희생과 헌신에 힘입어 가능했다는 것을! 딸들은 시집살이를 통해서야 비로소 친정 엄마를 제대로 이해하게 되는 것일까.

그렇게 3년의 세월이 흘렀는데 1991년 남편이 호주로 해외 주재원 발령이 났다. 그 바람에 시댁 식구들은 충격에 휩싸였고 어머님은 비탄에 빠지셨다. 시부모님은 며느리가 호주로 떠나는 것을 반대하며 아들 혼자만 발령지인 시드니로 가라고 하셨다. 남편이 발령지로 떠나고 회사의 방침상 3개월 후에 나머지 가족이 갈 수 있었다. 네가 가면 나는 어떻게 사냐고 어머님이 매일 우셨다. 아버님은 말없이 고개를 저으셨다. 가까이 사는 시누이들도 엄마가 힘들어하는데 꼭 가야겠느냐고 안타까워했다. 집에는 도우미 아주머니도 있었고, 간병인도 구할 수 있는 데다 아버님도 계시는데 어떻게 해야 할지 한없이 슬프고 괴로운 날들이었다.

얼마 후 남편이 시드니에서 전화를 걸어 왔다. 어머님은 전화에 대고 당신 마음을 알아주는 유일한 사람이 며느리인데 호주로 꼭 데려가야겠냐고 하셨다. 남편은 혼자서는 주재원 생활을 온전히 해내기가 어

푸른 크리스털처럼 맑은 바닷물이 빛나는 호주.

렵다고 했다. 엄마는 아버지도 계시고, 주위에 도와줄 사람도 많고, 누나들도 한동네에 살고 있으니, 며느리를 보내달라고 설득했다. 우리가 주재 생활을 마치고 돌아오면 지금보다 더 극진히 잘 모시겠다는 다짐으로 나도 어머님을 달래드렸다.

가야 할지 말아야 할지 시어머님의 눈물 앞에서 두 달을 더 촛불처럼 흔들렸다. 결국 회사에서는 비행기표가 왔고 아들을 데리고 나는 무거운 마음으로 호주행 비행기에 몸을 실었다. 기내에서 비행기가 롤러코스터처럼 흔들릴 때마다 아들을 품에 안고 마음을 졸였다. 그리고 마침내 호주 공항에 발을 내려놓자 만감이 교차했던 것이다.

공항 청사 밖으로 나오자 호주는 시원한 허브 향기로 나를 맞아주었다. 코를 통해 폐부 깊숙이 밀려들었다. 차를 타고 가는 동안 푸른 크리스털처럼 맑은 바닷물이 빛나는 호주는 꽃 천지였다. 유난히 꽃을 좋아하는 나는 꿈속인 듯 황홀했다. 색깔도 선명한 꽃들이 차창 밖으로 계속 이어지고 집집마다 뒷마당에 동그랗게 어여쁜 초록의 나무에 크림처럼 하얀 꽃들이 피어나 있었다. 차가 정차했을 때 자세히 보니 레몬이나 오렌지가 열려 있었다. 햇살을 품고 황금빛으로 오렌지가 익어가고 곧이어 레몬은 노랗게 눈부시리라.

우리가 살 집이 있는 아타몬에 도착하자 정원 가득 로즈메리가 보랏빛 향기로운 작은 꽃을 올망졸망 피우고 있었다. 그날 밤 집 앞의 밤공기를 달콤하게 채워준 건 흐드러지게 피어난 재스민 꽃이었다.

싱글, 달링!

"굿 모닝, 캔 아이 해브 어 원야드 원 웨이 티켓 플리즈." 나는 숨도 쉬지 않고 앵무새처럼 단숨에 토해내는 듯 말했다. 혹시 목소리가 작으면 들리지 않을까 봐 반원으로 뚫린 표 파는 곳의 구멍 속으로 최대한 얼굴을 들이밀었다. 믿기지 않을 정도로 몸집이 큰 매표원은 온몸을 들썩이며 너털웃음을 터트렸다. 나는 그 사람이 내 말을 못 알아들었나 싶어 다시 고쳐서 말했다. 당황하면 한국말이 섞여 나갔다. "아니, 아니 다시, 어 원 웨이 티켓 투 윈야드 플리즈!" 이번에는 분명히 알아들은 것 같은데 그 사람은 표를 만지작거리면서도 매표소를 꽉 채운 몸으로 어깨를 들썩이며 또 웃었다. 내 얼굴이 홍당무처럼 빨개졌는지 아들이 엄마 얼굴이 당근 같다며 깔깔 웃었다. 나는 더 이상 어떤 말을 해야 할지 안절부절못하며 처분만을 기다리고 있는데 그 사람이 느닷없이 동그란 구멍으로 표 한 장을 내밀며 "싱글 다―알링!" 하면서 한쪽 눈까지 찡긋하는 것이 아닌가. 순간 나는 어머머! 이 아저씨가 왜 이래, 내가 미혼인 줄 아나 봐. 처음 보는 나한테 달링이 뭐야 달링이! 하며 아들을 번쩍 안아 들었다. 구멍에 대고 급하게 소리쳤다. "노, 노, 노! 아이 엠 어 매리드 우먼, 히 이즈 마이 선. 오케이? 언더스탠?" 이번에는 그 사람이 놀란 것 같았다. 양손 손가락 열 개를 모두 쫙 펴서 항복하듯 두 팔을 반쯤 들더니 손을 앞뒤로 움직이며 "오케이, 오케이, 댓츠 오케이. 노 프라블럼, 달링" 하는 거였다. 또 달링? 나는 어이가 없었다.

그렇게도 세상이 조용할 수 있을까! 두려울 정도로 쨍— 하는 정적이 귓가를 맴돌았다. 너무 이상하고 낯설어 사흘 동안 밖으로 한 발짝도 뗄 수가 없었다. 오늘은 기필코 나가보리라. 굳은 결심을 하고 아들의 손을 꼭 잡고 현관을 밀치고 나섰다. 주관식 영어 시험지를 받은 학생의 심정으로 이런저런 상황에 대비해 말할 영어를 연습하면서 언덕 너머 있는 기차역으로 갔다. 표 파는 곳이 다가올수록 심장이 뛰기 시작했다.

혹시 내 말을 못 알아들으면 어떻게 하지? 아니 충분히 연습했으니까 내가 하는 말은 알아들을 테지만 상대의 말을 알아들을 수 있으려나. 어쩌지? 아니야 알아들을 거야. 할 수 있어. 아이 캔 두 잇, 난 할 수 있어! 마음을 다지며 아들의 손목을 고쳐잡고 말하기 듣기 영어 시험관인 듯 버티고 앉은 아타몬 역의 매표원에게 다가갔다. 막상 앞에 서자 다시 긴장이 되었다. 크게 한숨을 들이쉬고 목소리도 흠, 흠 조율해서 말했는데 그만 그런 일이 벌어진 것이었다.

'얘가 내 아들이에요'는 '히얼스 마이 선'이라고 해야 하는 것도, 호주에서는 편도 기차표를 '싱글 티켓'이라고 하는 것도 나중에야 알게 되었다. 우리 동네 기차역에는 역사도 없었고 플랫폼 가운데 작은 나무 상자 같은 매표소가 있을 뿐이었다. 태양이 뜨겁게 내리쬐는 아타몬 역에 마침 중년의 한국 여성이 다가오고 있었다. 기차를 기다리느라 내 곁에 선 아주머니에게 조금 전 일어났던 일을 말하자 빵 터진 듯 한참을 웃었다. 눈물까지 찔끔거리며 웃고 난 아주머니는 '싱글 달링'이라는 말이 오해를 살 만하다고 했다. 나는 제가 그럴 만했죠? 호들갑을 떨었다. 여기 호주 사람들이 워낙 친절해서 달링을 어미처럼 붙여서 뜻 없이 하는 말이니 신경 쓰지 않아도 된다고 했다. 한국에서 호주로 떠나올 때 친정아버지가 당부하신 말씀이 떠올랐다. 늘 1인 외교관이라 생각하고 매사에 적절하게 행동하라고 하신 말씀이었다. 첫 외출은 이렇게 시작되었으니 앞으로 살아갈 만하다는 생각에 슬며시 웃음이 났다.

언어의 효율성이라던가. 실생활에서는 간단하게 주어나 동사 없이 목적어만 말할 때도 있다는 것을 살아가며 점차 알게 되었다. 내가 학교에서 배웠던 영어는 도대체 어디로 다 사라졌는지 어려움을 겪을 때마다 더 열심히 공부해둘 걸 후회막심이었다.

언젠가 영화 〈웰컴 투 동막골〉을 보았던 생각이 났다. 한국전쟁이 한창이던 1950년 겨울쯤이 배경인 영화다. 연합군 조종사가 추락한 동막골에서 북한군과 남한 병사까지 마주치는 일화를 코믹하게 그렸다. 특히 마을의 유일한 지식인이던 선생님이 연합군 조종사 미국인을 마주치자 쩔쩔매던 장면이 눈에 선하다. "그게 저…… 제가 '하우 아 유' 하면 이 사람이 '아임 파인 앤 유' 해야 되거든요." 하면서 영어 교과서의 정석대로 대화가 진행되지 않는다고 계속 고개를 갸우뚱거리던 모습이 재밌었던 영화다.

공감 백 배! 문화의 다름과 언어의 현장성을 절감한 그날 내 모습이 그랬을 것이다. 호주 영어 발음은 미국식 영어와는 다소 달랐다. 출중한 영어 실력을 지닌 사람도 있었지만, 주재원 부인들은 대부분 대한민국 아줌마 특유의 눈치와 통찰력 그리고 만국 공통어인 보디랭귀지로 언어 장벽을 넘어갔다. 물건 값을 묻고 계산하는 건 대부분 별로 어렵지 않았다. 물건 값을 깎거나 반품해야 할 때가 어려웠다. 또한 식당에서 주문한 음식이 잘못 나올 때 같은 상황이 힘겨웠다. 우체국이나 은행 업무 또는 보험을 처리해야 할 때가 더 그랬다. 돈이 오가는 중요한 일이라 조심스럽고 긴장이 되었다. 지금처럼 휴대전화 번역기나 사전 애플리케이션도 없던 때여서 영한사전과 한영사전을 두 권 다 옆구리에 끼고 살았다.

매일 영어 시험을 앞둔 학생처럼 초조하고 당혹스러웠다. 제대로 된 문장은 머리 뒤통수에서 나오는지 말을 하고 돌아서면 답안지 맞추듯 또박또박 떠올라 속을 뒤집었다. 특히 전화 통화가 가장 힘들었다. 사람과 마주하고 하는 말은 그래도 입술 모양을 보고 알아듣거나 꿰맞출 수 있었지만, 전화는 난공불락이었다. 통화 음질까지 깨끗하지 않아 정말 알아듣기 힘들었다. 전화 통화를 시원하게 하고 싶어서 대학 부설 언어교육 과정에 등록했다. 아들을 데이케어 센터에 맡기고 수업에 들어가면 분리불안으로 한 시간을 넘기지 못하고 엄마를 찾으며 울었다. 공부하다 말고 헐레벌떡 불려 나가기 일쑤여서 그만 접고 아이가 유치원에 들어갈 때까지는 집에서 뉴스와 다큐멘터리를 보면서 영어 공부를 했다. 엄마인 나도 그랬지만 세 살 아이는 아이대로 말이 통하지 않는 곳에서 적응하려니 얼마나 힘들었을지…….

그렇지만 아이도 나도 하루하루 어려움을 나름의 방식으로 풀어가며 적응해 나갔다. 주재원 부인들은 만나기만 하면, 우스갯소리처럼 다시 태어나면 꼭 세 살부터 영어를 공부할 거라고 말했다.

사계절 속의 첫 휴가

두 시간을 달려 우리가 도착한 곳은 뉴캐슬이었다. 헌터밸리라는 와인 생산지가 있는 곳이었다. 처음 가본 와이너리 풍광은 신기하기만 했다. 빨간 병솔나무꽃이 피어 있는 입구에는 와인을 저장하는 커다란 오크 통에 와이너리의 이름이 적혀 있었고, 건물 뒤로는 포도밭이 끝없이 펼쳐져 있었다. 하늘은 청명하게 맑았고, 구름이 평화롭게 떠 있는 하늘로부터 쏟아지는 햇빛은 눈부셨다. 동굴처럼 시원한 건물 안으로 들어서자 와인 냄새가 알코올 기운을 싣고 덤비듯 와락 끼쳐왔다. 시음하는 와인을 한 모금씩 마신 뒤 아로마와 부케라고 표현되는 향기를 맡았다. 오크우드 와이너리의 식당에서 점심을 먹고 백포도주로 대표되는 세미용 품종의 와인 한 병과 쉬라즈 품종의 적포도주 한 병을 사 들고 숙소로 예약된 포트 매쿼리로 세 시간을 더 달려갔다.

호주에 도착해서 밤낮을 가리지 않고 일하던 남편이 첫 휴가를 받았다. 소진된 기력을 충전하려면 절대적으로 휴식이 필요했다. 일주일의 시간이 주어지자 남편과 나는 어린아들을 데리고 시드니의 유명 도시인 브리즈번의 해안 골드코스트에 가보기로 했다. 시드니에서 850킬로미터 거리여서 열 시간이 넘게 걸리는 곳이었다. 여행의 설렘 속에 사람들에게 어떤 준비를 해야 하는지 물어보았다. 시드니 날씨는 하루에 사계절이 다 들어 있으니 옷을 잘 준비해야 한다는 답변이 제일 많았다. 짐을 무엇을 싸야 할지 몰라서 담요까지 준비하다 보니 짐이 점점 불어났다. 남편은 회사에서 마련해준 차를 포드 팰컨 버건디 컬러로 골랐는데, 와인 색깔의 차를 보고 다들 획기적인 선택이라고 했다. 우리는 트렁크에 가득 찬 짐보다 더 큰 기대감을 안고 시드니 집에서 출발했다.

항구의 저녁은 애달픈 서정을 품기 마련이지만, 포트매쿼리의 저녁 노을은 시시각각 변하는 장엄한 빛으로 우리의 시선을 빼앗았다. 서로의 눈동자에 어린 황홀경을 넋을 잃고 바라보다가 아들이 배고프다며 칭얼거려서야 저녁을 먹으러 갔다. 우리는 생선튀김 냄새에 이끌려 식당으로 들어갔다. 아들이 좋아하는 피시 앤 칩스를 주문했다. 생선과 감자를 튀긴 호주 대표 음식이었다. 생참치로 만든 튜나 타타르도 시켰다. 싱싱한 참치는 달콤했고 생선과 감자튀김은 바삭하고도 포근포근했다.

남편이 예약한 숙소는 모터인이었다. 나는 영어의 인(inn)은 여인숙이라 해석되기에 너무 불편한 건 아닐까 했는데, 가보니 영화에서 흔히 보았던 자동차를 현관문 앞에 주차할 수 있는 숙박시설이었다. 짐을 싣고 내리는 편이성이 있어 여행 중간에 하룻밤 묵어 가기에는 그만이었다. 우리는 아들을 재우고 발코니에 마련된 테이블에 마주 앉았다. 와이너리에서 사온 레드와인을 마시며 여행을 얘기했다. 달빛이 구름 사이를 지나며 은은한 빛으로 우리를 감싸주었다.

다음 날은 아침 일찍 콥스하버를 향해 출발했다. 우리는 일주일의 휴가를 내준 회사에 감사하며 쉬엄쉬엄 중간의 명소들을 여행하기로 했다. 자동차로 두 시간 정도를 달려 도착한 콥스하버는 볼거리가 많고 놀거리도 넘치는 해안도시였다. 솔리터리 아일랜드 해양 공원에서 펼쳐지는 돌고래 쇼를 보며 남편은 아들이 좋아하는 것을 보니 호주에 와서 열심히 일한 보람을 느낀다고 했다.

'더 빅 바나나 콥스하버'라고 쓰인 노란 바나나 구조물 뒤로 바나나 농장이 있었다. 우리는 특산물이라는 말에 탐스럽게 익은 바나나를 한 뭉텅이 통째로 샀다. 처음엔 기가 막히게 맛있었지만, 여행 내내 과일이라고는 바나나만 먹다 보니 물려서 다시는 이런 충동구매에 빠지지 않으리라 다짐했다. 굽이굽이 올라간 언덕 위에 있는 포레스트 스카이 피어 전망대에 올랐다. 멀리 바다의 수평선과 하늘이 맞닿아 있는 듯한 콥스하버의 전경이 낮은 지붕의 집들과 아담한 산에 둘러싸여 한눈에 내려다보였다. 아찔한 느낌에 뒤돌아보니 한 무리의 사람들이 장난스레 동시에 점프했는지 다리가 심하게 요동쳤다. 고소공포증이 있는 남편은 난간을 움켜잡으며 어쩔 줄 몰랐다. 그런 아빠를 보자 아들은 놀라 울음을 터트렸고, 나는 웃음을 참느라 입을 틀어막아야 했다.

다음 날은 골드코스트를 향해 차를 몰았다. 휴게소와 주유소에 들렀기에 네 시간이 넘게 걸렸다. 가는 동안 날씨가 흐려지더니 강풍이 거

　　　　　　　　　　　　　　　사계절 속의 첫 휴가

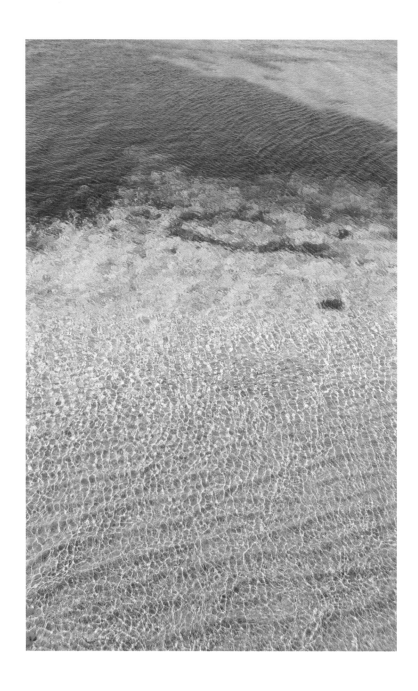

세계 몰아치기 시작했다. 골드코스트에 있는 서퍼스 파라다이스에 도착하자 거센 바람에 날려 갈 지경이었다. 3킬로미터에 달하는 황금빛 해변에 도착하자마자 모래란 모래는 몽땅 눈으로 쓸려 들기라도 할듯 감은 눈두덩을 따갑게 때렸다.

등에 닿는 바람이 잦아들며 햇살이 구름 속에서 얼굴을 내밀자 남편은 트렁크에서 파라솔과 아이의 장난감 플라스틱 테이블 그리고 의자를 모두 꺼냈다. 다른 사람들도 해변에 비치용 타올을 깔았고, 서핑 애호가들은 보드를 들고 바다로 내달았다. 우리는 껴입었던 털 스웨터와 목도리를 벗고 선글라스를 썼다. 아들에게 목덜미 가리개가 있는 모자를 씌우고 선크림도 듬뿍 발라주었다.

한 시간이나 지났을까. 다시 하늘이 캄캄해지더니 거짓말처럼 모래바람이 일기 시작했다. 사나워진 파도가 몸을 일으키며 포효하자 서핑 애호가들은 보드를 끌고 해변으로 퇴진했다. 우리는 하늘과 바다와 서퍼들을 보다가 그만 아들의 플라스틱 테이블과 의자가 마구 날아가는 것을 보지 못했다. 파라솔이 살을 뒤집으며 훌렁훌렁 날아가는 것은 뒤늦게 붙잡았다. 남편은 사정없이 날아가는 테이블을 쫓아가 모래사장에 눌러서 잡았고, 나는 먼저 아이를 차 안으로 피신시켰다. 남편은 휘몰아치는 따가운 모래바람 속에서 이미 바다로 흘러 들어간 의자도 건져 올렸다. 나는 파라솔과 테이블을 접어 도로 트렁크에 넣었다. 남편이 의자를 모두 들고 의기양양 개선장군처럼 다가오는 동안 나는 쏟아지기 시작하는 빗줄기 속에서 아들의 플라스틱 장난감들을 수습했다. 우리는 헝클어져 얼굴에 들러붙은 머리카락을 서로 떼어주며 그만

사계절 속의 첫 휴가

웃음을 터트리고 말았다. 우리의 모습을 본 아들도 따라 웃었다. 하루에 사계절이 들어 있다는 호주의 날씨를 제대로 경험한 휴가였다. 차를 몰아 호텔로 향했다. 체크인 데스크로 걸어가는 남편의 다리에 콕콕 박힌 황금빛 모래가 천장 샹들리에 불빛에 번쩍번쩍 빛나고 있었다.

저의 기쁨입니다!

"말이 돼? 내가 바람에 날아갔다는 것이?"

이렇게 말을 시작하면 사람들은 대부분 눈을 동그랗게 뜨고 일단 내 몸을 예의 관찰한다. 웃음이 배어 나오는 얼굴을 하고서. 남편의 첫 해외 주재지였던 호주에서 산 육 년의 세월은 내 나이 이십 대 끝자락에서 시작된 까닭인지 파스텔 빛 감성으로 자리한다. 매운 시집살이에서 막 벗어난 새댁의 풋풋한 날들이어서 더 그랬을 것이다.

시드니 북쪽에 있는 신도시 채스우드의 거리는 타국 생활을 시작한 나에게 신기함 가득했다. 영국식 발음에 호주만이 가진 독특한 억양의 영어는 정겹게 느껴져 마음이 푸근해졌다. 더없이 친절한 호주 사람들의 밝고 낙천적인 몸짓은 낯선 이방인인 나의 마음마저 쾌활하고 즐겁게 했다.

높게 올라간 빌딩 사잇길 계단을 재잘대는 아이와 눈을 맞추며 한참을 올라갔다. 복잡한 서류를 갖춰 남편의 도움 없이도 건강보험에 가입하고 나자 마음이 홀가분했다. 상점이 즐비한 상가를 구경하며 걷는

시드니 북쪽 신도시 채스우드의 거리

데 돌풍에 몸이 앞으로 쭈욱 밀렸다. 몸피가 얇은 편이긴 했지만 건강한 체격인 내가 바람에 붕 떠오른 건 순식간의 일이었다. 빌딩 사이로 회오리치는 바람 한가운데 내 몸이 솟구쳐 오르면서 꼭 잡고 있었던 아이의 손이 힘없이 풀려나갔고, 나는 빌딩 사이 크레바스처럼 입을 벌리고 있는 낭떠러지로 속절없이 떨어질 판국이었다. 목이 쉬게 아이를 부르며 땅을 향해 발을 뻗을수록 옆으로 더 솟으며 점점 밀려갈 뿐이었다.

이건 악몽일 거야 하는 순간, 어떤 손이 쑥 올라와 발목을 낚아채는 바람에 나는 그대로 바닥에 고꾸라졌다. 앞뒤 가리지 않고 점프했던 덩치 큰 호주의 아저씨와 함께! 그 아저씨는 세찬 바람에 밀려가고 있던 아들도 다른 한 손을 뻗어서 눌러 잡았다. 마주 오던 호주의 아주머니가 마침 아이를 막아 세워서 가능했다.

서른 살도 되지 않은 젊은 엄마였던 나는 현실인지 꿈인지 구별이 안 되는 상황이어서 괜찮냐고 묻는 사람들의 말에 대답도 못 한 채 엉금엉금 기어가 아이를 품에 안고 주저앉아 엉엉 울었다. 고맙다는 인사를 한마디의 영어로 밀어내지 못한 채 창피하고 당황스러워 눈물을 주체할 수 없었다. 한바탕의 소동에 몰려온 사람들의 다양한 빛깔의 걱정스러워하는 눈동자들에 둘러싸인 채였다.

한참 지나 정신을 차리고 호주의 아저씨에게 고마운 마음으로 연락처를 묻자 그는 대답 대신 우리 모자의 어깨를 지그시 눌러 안심시키며 일어설 수 있겠느냐고 물었다. 아이를 먼저 일으켜 세우고 나도 겨우 일어서자 둘러선 사람들이 안도했다. 내가 걸을 수 있게 길을 터주는 사람들에게 고마운 마음이 들어 씩씩하게 걸음을 떼려는데 욱신거리며 발등이 쓰라렸다. 그래도 손뼉을 치며 좋아해주는 사람들의 응원에 힘입어 꾸벅꾸벅 인사를 하고 아이의 손을 꼭 잡고 똑바로 섰다. 아저씨도 우리를 구하느라 내던졌던 서류 가방을 챙겨다 준 사람에게 고맙다고 하더니 아이를 다시 잘 살폈다. 무릎이 까졌고 팔꿈치 아래도 긁혔으나 피가 많이 나지는 않았고 보채지도 않았다. 나도 발등과 손바닥에 찰과상으로 피가 거뭇하게 맺혔으나 크게 다친 곳은 없었다.

그래도 아저씨는 반드시 상처를 소독해야 한다면서 손가락으로 근처 약국을 가리켰다. 사태를 짐작하고 고개를 끄덕이며 고맙다고 했더

저의 기쁨입니다!

니 그가 말했다.

"My pleasure!"

그 말은 순간 내 가슴에 아로새겨졌다. "감사합니다. 정말 고맙습니다!" 한국말로 정중하게 인사하고 기차로 한 정거장 떨어진 아타몬 집으로 아이와 함께 무사히 돌아왔다. "My pleasure!"…… 뇌리에서 떠나지 않았다. 고맙고 아름다운 그 말은 보석처럼 다가와 나의 삶에 많은 변화를 가져왔다.

대놓고 바라진 않았지만, 은근히 돌아올 칭찬이나 좋은 사람이라는 평가를 바라며 했던 선행이 위선이었음을 깨달았다. 그런 바람은 사람과의 관계에서 갈등의 씨앗이 되기도 했었다. 그 후 다른 사람이 나에게 고맙다고 말할 때마다 나는 그분을 떠올리며 "저의 기쁨입니다!"라는 말을 했다. 듣는 사람이 좋아했고, 나 자신에게도 격려하는 축복의 말이 되어주었다. 나를 도와주고 순수한 기쁨을 깨닫게 해준 호주의 아저씨가 그리운 연둣빛 봄날이다.

사진 속의 기억

사진 한 장이 천 마디 말을 대신할 때가 있다. 2층 침대에서 빼꼼히 얼굴을 내밀던 아들의 얼굴이 웃음을 참느라 일그러져 있다. 사진 속에는 오빠 발을 간지럽히는 딸아이의 모습이 장난스럽게 같이 담겨 있다. 사진은 그 추억 속으로 나를 데리고 갔다. 호주 시드니 근교에 있는 농장에 회사 직원 가족들이 팜스테이(farm stay) 여행을 갔을 때의 사진이다. 둘째인 딸아이가 아장아장 걸을 때쯤이었다.

우리가 묵었던 농장에는 남편의 회사뿐 아니라 다른 호주 사람들 몇 가족이 놀러 와 있었다. 농장에 가면 제일 먼저 하는 일이 농장 가족들과 같이 트랙터를 타고 농장을 일주하는 것이었다. 그 농장의 작물들을 구경하면서 점심으로 먹을 식재료인 채소와 과일을 같이 수확했다. 오리나 닭에게 모이를 주기도 했고, 막 낳은 따뜻한 달걀을 원하는 사람이 꺼내 오게도 했다. 목장에서는 우유를 직접 짜보게도 했는데, 아이들은 처음 보는 소의 젖을 짜라고 하니 도망쳤다. 아들이 용감하게

엄마랑 해보겠다고 나서는 바람에 아이를 안고 젖을 짜는데 생각보다 어려웠다. 아이들은 특히 캥거루와 왈라비를 구경하고 코알라를 안아 보며 좋아했고, 오후에는 양몰이 개를 따라 드넓은 초원을 이리저리 뛰어다녔다.

저녁에는 농장에서 피운 장작불에 구운 캥거루 고기를 먹어보기도 했는데, 누린내가 나고 질겨서 겨우 한 점 먹어보고 말았다. 디저트는 역시 달달한 것이 최고였다. 마시멜로를 긴 쇠꼬챙이에 끼워 잔불에 구워 먹었는데, 말랑말랑 폭신한 솜 같던 것이 녹아내리면서 맛도 냄새도 달콤하기만 했다. 밤하늘에 가득한 별은 은하수가 되어 흘렀고, 멀리서 부엉이 우는 소리가 들렸다. 고요한 밤이었다.

저녁을 마치고 우리 일행은 따로 별채에서 노래방 기계를 틀어놓고 흥에 겨워 노래를 불렀다. 한 명, 두 명 별채를 기웃거리던 호주 사람들이 그 기계가 뭐냐고 물었다. 남편이 판매를 담당하고 있던 노래방 기계였다. 나는 호주 사람들에게도 홍보하려고 일부러 벌인 잔치인 줄 알았다. 그러나 그 노래방 기계는 향수 마케팅 제품이어서 한국 교민을 대상으로 하는 한국 노래 위주의 노래방 기계였다. 시험 가동을 하느라 농장에 미리 양해를 구하고 싣고 갔던 것이다.

이민자가 많은 나라를 대상으로 본사에서 출시한 제품을 호주에도 보내 판매하라고 했다. 시범적으로 몇백 대만 받다 팔기로 했다. 교민을 고객으로 하는 여행사 사장에게 판매해보라고 하는 것이 마케팅 전략이었다. 마침 여행사 사장의 아들이 유통업을 하고 있었기 때문이었다. 판매처를 확보했으니 광고를 내야 했다.

그때 한국에서는 노래방 기계 광고 트렌드가 섹시한 신인 여배우를 모델로 내세우는 것이었다. 교민을 대상으로 하는 잡지에다 한국에서 제작한 광고를 내자, 해외 광고는 계약 위반이어서 안 된다고 했다. 결국 현지에서 광고를 새로 제작해야 했다. 그해의 미스 코리아 호주 진이 한국 본선에까지 진출했다는 소식을 듣고, 모델로 섭외를 시도했다. 회의 장소에 나온 미스 호주 모녀는 대기업의 홍보이니 모델료를 많이 달라고 요구했다. 적당한 선에서 합의하여 광고를 찍었다. 찍은 광고 사진은 교민 잡지 뒷면 전체에 실었다. 그러나 노래방 기계는 팔리지 않았다. 이유를 분석해보니 로컬 마트에 진출해 있는 상품이 아닌 데다 가격이 비쌌다.

그 당시 호주 이민자 중에는 노래방 기계를 집에 사두고 여유 있게 즐길 만한 여건을 가진 사람들이 많지 않았다. 거기다 오케스트라 반주로 된 곡들이 스무 개의 판에 빽빽하게 수록되어 있어 부르고 싶은 노래를 찾는 데 시간이 너무 많이 걸렸다. 곡을 찾아 판을 갈고 해당 노래에 바늘을 얹어 재생한 반주에 노래를 부르려니 번거롭기 짝이 없었다. 무르익기도 전에 흥이 깨져버리는 건 당연한 일이었다.

우매한 상품을 현명하게 팔라는 본사 지침을 거부하지 않은 법인장의 결정에 판매 담당인 남편이 어쩔 수 없이 떠안은 제품이었다. 드디어 교민 사회에서 제법 잘 나가는 중식당에서 노래방 기계를 한 대 구매해주었다. 그런데 손님들이 노래하면서 자꾸 사장에게 사용법을 묻는 바람에 자장면 만들다 한 곡 준비해주고 탕수육 튀기다 판을 갈아줘야 하는 헤프닝이 벌어졌다. 회식하러 식당에 갔다가 남편과 동료가 일일 DJ 노릇을 해주기도 여러 번이었다. 주재원 중에는 늘 딴전을 피우며 뒷북을 치는 사람이 있었는데, "누가 이런 제품을 만들어 팔라고 했어? 나 같은 사람도 이런 건 안 만들었겠다."고 취중 진담을 해서 좌중을 폭소에 빠트리기도 했다.

결국 담당 DJ가 상주해야 시스템이 가동되는 노래방 기계는 빛을 보기도 전에 산화되고 말았다. 다른 기업체에서 후속으로 생산한 노래방 기계들은 노래가 끊김이 없이 팡팡 터졌기 때문이었다. 남편은 실패한 사업이라고 손을 털었고, 본사도 인정할 수밖에 없었다. 노래방 기계가 진출했던 미국이나 중국에서도 별 성과 없이 같은 이유로 실패했다.

우리가 농장 별채에서 신나려다 말고, 흥이 돋으려다 식으며 침침한 조명 아래서 노래를 고르느라 손전등을 비춰가며 판을 찾았던 노래방 기계를 포함해 모든 재고는 결국 여행사의 프로모션 제품으로 땡처리되고 말았다.

앨범 정리하다 빠져나온 사진 한 장 때문에 남편 회사의 실패담을 웃으며 들을 수 있었다. 우리가 보는 화려한 경력의 성공한 사람들의 역사 속에는 소소한 실패들을 극복하며 새로운 전략을 구사한 사례들이 많다. 대기업이라고 해서 모든 사업이 성공할 수만은 없겠지만, 남편은 그 일을 겪고 나서 해외 마케팅은 철저한 조사와 사전 인식을 바탕으로 해야만 실패를 막을 수 있다는 것을 깨달았다.

그 뒤로는 어느 나라에 가든 지역 연구 자료가 이미 있음에도 불구하고 새롭게 그 지역의 역사와 문화, 사회, 경제를 철저히 분석했다. 전자 제품의 유형과 시장의 흐름도 명확히 파악했다. 모든 종합적 데이터로 그 지역에 맞는 상품들을 선정하고 주력 상품을 정해서 마케팅 전략을 짰다.

거기다 언제나 현장을 우선했다. 책상머리에 앉아서 일하는 보스가 아니라 회사의 모든 부서를 돌아보며 직원들을 격려하고 후원하는 태도로 일했다. 인재를 발탁해서 중책을 맡기고 믿어주는 남편을 직원들은 잘 따랐다. 한국 식당이 많지 않은 곳에서는 직원들을 집으로 초대하는 날이 많았다. 집에 저녁을 먹으러 오면 회사 직원들이 나에게 하는 한결같은 질문이 있었다. 집에서도 모든 면에서 철저히 완벽을 추구하는지요? 물었다. 설마요, 하면서 나는 웃고 말았지만, 집에서도 결코 흐트러짐 없는 아버지의 모습으로 아이들을 대하는 건 사실이었다. 아내인 나에게는 자상하기보다는 신실하고 늘 한결같은 모습이었다.

　가끔은 회식 자리에서 노래방 기계 반주에 맞춰 아내에게 바치는 노래를 부르며 눈가가 촉촉해지는 감성으로 다가들기도 했지만 그건 아주 드문 일이었다.

　사진을 앨범에 다시 꽂아 넣으며 우리가 살아왔던 지난날들이 슬라이드 필름처럼 주르륵 뇌리를 스쳐 지나갔다. 화려해 보이는 삶일수록 들여다보면 지난한 이야기들이 갈피마다 사연으로 쌓이는 법이다. 사진 한 장이 그 순간의 추억 속으로 나를 데려가더니 천 마디 이야기를 대신해주고 있었다. 앨범을 덮으며 나는 여섯 나라에서 겪었던 그 많은 일상이 나의 역사가 되어 오늘에 이르고 있음이 오롯이 느껴졌다.

루키미아

딸아이와 대학 입시 원서를 내러 갔을 때였다. 신입생 접수 창구에 서류를 넣고 있는데, 누군가가 나를 반갑게 불렀다. 두리번거리던 눈에 낯익은 모녀의 얼굴이 보였다. 순간 모녀의 얼굴 너머로 푸르게 넘실대는 호주의 바다가 보이는 듯했고, 깊은 바닷속 신비스러운 산호초도 떠올랐다. 연락이 닿지 않은 시간이 꽤 흐른 듯한데 어제 만난 듯 반가웠다. 두 집의 막내가 대학 입시 원서를 내는 곳에서 마주친 것이었다.

큰애는요? 나는 그 집 큰딸의 안부부터 물었다. 생소하고 무섭기만 했던 병에 걸렸던 아이였는데 다행히 치료를 잘 받아 건강을 회복해서 회사에 다닌다고 했다.

"요한 엄마, 유모차 있어요?"

건설회사에 다니는 주재원 가족이 딸 셋을 데리고 건너편 아파트로 이사를 왔다. 발코니에 나가면 서로 얼굴이 훤히 보였다. 아들이 사용

했던 유모차를 가지고 건너가 보니 큰아이가 아프다고 하면서 잘 걷지 못했다. 다섯 살이나 된 아이가 걷지 못한다니 이상했다. 우리 아들과 동갑인데도 아이는 야위어서 또래보다 작아 보였다. 비상약이라도 챙겨다 줄까 싶어서 어디가 어떻게 아픈지 묻자 그제부터 갑자기 배가 아프다더니 열이 난다고 했다.

해열제를 먹여도 소용이 없고 병원에 가야 하는데 남편은 근무 시간이라서…… 말을 흐렸다. 그런데 아이의 증상이, 특히 걷지 못한다는 말에 신경이 쓰였다. 설마. 아닐 거야! 나는 고개를 흔들면서도 TV 다큐 프로그램에서 보았던 장면이 자꾸 떠올랐다. 아이의 얼굴에 핏기가 없어 마치 석고상을 보는 것 같았다. 출산을 앞둔 만삭인 배를 안고 산부인과 가방을 챙기다 나왔지만 나보다 급해 보이는 아이의 창백한 얼굴을 외면할 수 없었다. 병원에 가기 위해 아이에게 옷을 입히는 동안 나는 한국인 가정의에게 미리 전화를 걸었다.

병원은 아직 멀었을까요? 뒷좌석에 아이를 껴안고 있던 안나는 애타는 목소리로 물었다. 차로 30분 거리의 한인타운이 있는 캠시까지 가려면 아직 멀었는데, 같은 엄마인지라 마음이 졸여지기는 마찬가지였다. 아이는 파리한 얼굴로 시름시름 앓으며 엄마인 안나의 마음을 후벼팠다. 셰익스피어 거리로 들어서니 하얀 집이 있었다. 한국인 의사 GP(General Practitioner) 장 박사가 운영하는 병원이었다. 아이의 증상을 미리 전화로 알려주어서인지 진찰을 신속하게 진행한 장 박사는 어린이 전용 병원 응급실로 서둘러 가라고 했다. 바로 가야 한다고 재촉

하면서 아이의 증상을 자세히 적은 소견서를 써주었다. 출발할 때부터 들었던 예감이 불안한 가운데 어린이 전용 병원으로 갔다.

　어린이 전용 병원 응급실은 아기들의 울음소리로 어수선하기만 했다. 병원에 도착하자마자 통역사를 청했다. 이민자가 많았던 호주는 병원에서 각 나라의 통역 서비스를 제공하고 있었다. 여러 가지 검사를 진행하는 동안 나는 배가 자꾸 돌면서 해산이 가까워지는 걸 느낄 수 있었다. 그러나 아이가 걷지 못하는 증상이 자꾸 마음에 걸렸다. 통역사에게 내가 보았던 다큐멘터리의 내용을 얘기하자 자신도 그 프로그램을 보았다고 했다. 아이 엄마에게는 아까부터 차마 하지 못했던 말을 통역사에게 하면서 아무래도 백혈병에 대한 검사를 받아보았으면 좋겠다고 했다. 통역사는 알았다며 모든 증상과 상황을 자세히 응급실 의사에게 통역해주었다. 그제야 속이 후련했다. 그러나 온종일 캠시로 다시 어린이 병원으로 극도로 긴장한 상태에서 다녔던 탓인지 다리가 퉁퉁 부어오르며 갑자기 배가 뭉치고 통증이 몰려왔다. 나는 또 다른 응급 환자가 되어 침대를 차지하고 누워 링거를 맞고 배 마사지를 받아야만 했다. 고된 회사 일에 시달리던 아이의 아빠가 새벽 2시가 되어서야 병원으로 달려와 비로소 나는 집으로 돌아올 수 있었다. 아이는 이틀 뒤 불행하게도 루키미아(Leukemia), 즉 백혈병이라는 진단을 받았다. 하늘이 무너지는 듯한 선고였지만, 아이는 살 운명이었음이 분명했다.

청소를 시작하면서 습관적으로 텔레비전 전원을 켰다. 학교에서 장시간 열심히 영어를 배웠음에도 불구하고 호주에서 한동안 반벙어리로 살아야 했다. 내가 그렇게 열심히 외워서 시험을 보았던 단어들은 어디로 다 도망을 간 것인지 생각조차 나지 않다가 돌아서면 떠올라서 기가 막혔다. 거기다가 조사와 전치사는 어디다 갖다 붙여야 하는지 생각하다가 말하는 타이밍을 놓치기 일쑤였다. 궁여지책으로 뉴스와 다큐 프로그램을 열심히 보기 시작했다. 호주는 특유의 오지 억양이 독특해서 처음에는 도무지 무슨 말인지 알아들을 수 없었다. 내 영어 실력만 탓하며 머리를 쥐어박기도 많이 했다. 그런데 정확한 발음의 아나운서가 하는 뉴스와 다큐 방송은 영어뿐만 아니라 실생활 적응에도 많은 도움이 되었다.

그날 아침 다큐 프로그램에서는 어린이 전용 병원의 의사 이야기를 특집 형식으로 다루고 있었다. 어린이 병원에 관한 이야기라 나는 청소를 멈추고 텔레비전 앞에 바짝 다가가 열심히 영상과 자막을 번갈아 보았다. 화면 아래에 붉고 굵은 글씨로 LEUKEMIA라는 단어가 떠 있었다. 늘 옆에 두고 있던 사전을 찾아보니 백혈병! 지금은 혈액암이라고 하는 병명이었다.

영화 〈러브스토리〉에서나 보았던, 나와는 무관하게 느껴졌던 바로 그 병과 치료하는 명의에 대해서 먼지떨이를 손에 든 채 통째로 시청했다. 그때 안 사실이지만 의외로 호주에는 어린이 혈액암 환자가 많았다. 그래서인지는 모르겠지만 세계 최고의 전문의가 호주 어린이 병원에서 환자들을 치료하고 있었다. 그 의사를 집중적으로 취재한 프로그램이었는데 의사는 특히 혈액암의 초기 증상을 자세히 말했다. 흔히 감기로 오인해 치료 시기를 놓쳐 병을 키우는 안타까운 점을 설명하는 말 한마디 한마디가 귀에 쏙쏙 들어와 박혔다. 그건 지금 생각해도 신기한 일이었다. 그 기억으로 한국 의사와 통역사에게—다큐에서 보았던 백혈병 증상과 같다고 말한 것이, 아이의 병을 초기에 정확히 진단할 수 있게 했고 조기 치료도 가능했다.

안나를 만나자 그동안 까맣게 잊고 있었던 그 일이 생각나 반가움에 큰애의 안부를 물었다. 우리는 막내들의 합격을 서로 기원했다. 안나의 가족이 나를 생명의 은인이라고 말할 때마다 민망하지만 한편 뿌듯한 마음이 드는 것 또한 사실이다.

어젯밤의 베이비

"어젯밤의 베이비, 어젯밤의 베이비!" 친정 엄마는 딸이 입원했던 병실에 아무도 없자 계단을 오르내리며 애타게 소리쳤다. 철렁 내려앉은 가슴에 미역국이 든 보온병을 끌어안고 '어젯밤의 베이비'를 외치며 여기저기 기웃거려도 딸내미와 새로 태어난 손녀가 보이지 않자 하늘이 무너졌다. 그 소리에 뛰어나온 간호사들도 아기뿐인 병원에서 '어젯밤'의 베이비가 누구인지 알 수가 없었다. 그도 그럴 것이, 밤에 근무했던 간호사들은 퇴근했고 새로 교대한 간호사들은 어젯밤 친정 엄마를 보지 못했다.

그때 "장모니임!" 하고 부르는 소리가 들렸다. 엄마에게는 사위의 부름이 그 어떤 구세주의 복음보다 더 반가운 소리였다. 남편은 사흘간 갔던 뉴질랜드 출장에서 돌아오는 길이었다. 공항에서 곧바로 병원으로 오던 참이었다. 사위를 만난 엄마는 "아이고 이 사람아, 어떻게 된 건지 병실에 아무도 없네. 설마 잘못된 건 아닐 테지?" 하며 그만 계단에 주저앉았다.

엄마가 그렇게 소리를 치고 다니는 동안에도 출산으로 지친 나는 잠에 빠져 전혀 모르고 있었다. 남편이 꽃을 한 아름 안고 엄마와 함께 입원실로 들어섰다. 아기는 강보에 꽁꽁 싸여 작고 투명한 플라스틱 아기침대에 뉘어져 쌔근거리며 자고 있었다. 마치 누에고치처럼 돌돌 말려 있는 아기를 들여다보며 엄마는 왜 이리 답답하게 싸매어놓았느냐고 물었다.

병실에 들어서던 의사가 아기가 엄마의 뱃속 수중에서 나왔으니 놀랄 수 있어서 그렇게 했다고 설명했다. 동행한 수간호사는 병원의 지침을 따라 아기를 목욕시킬 시간이라고 했다. 도르래가 달린 아기침대를 밀고 나와서 산모가 직접 목욕시키라는 거였다. 아기가 누웠던 침대가 투명한 플라스틱인 이유가 목욕통을 겸한다니 합리적인 호주의 생활 방식다웠다.

아기를 씻기러 나온 산모는 모두 다섯 명이었다. 싱크대 위에 가지런히 놓아둔 아기용 매트 위에 먼저 아기를 누이라고 했다. 침대에서 시트를 모두 꺼내고 침대로 쓰였던 플라스틱 통에 물을 채우고 온도계를 넣어 38도에 맞추었다. 한 손으로 아기를 안고 얼굴부터 씻기고 머리를 감기고 목, 가슴, 배, 다리 순서로 가제 수건으로 부드럽게 닦아주라고 했다. 우리 딸아이를 씻기며 시범을 보였다. 물속에 다시 아기를 목까지 담갔다가 매트 위에 펼쳐놓은 수건 위에 누이고 몸을 감싸 닦아주었다.

플라스틱 통의 물을 버리고 물기를 깨끗이 제거한 후 다시 이불을 깔고 아기를 눕혀서 입원실로 데리고 왔다. 매일 아침 10시에 간호사

의 도움을 받으며 산모들이 나와 아기를 목욕시켰다. 호주의 산부인과
에서는 산모들이 모든 것을 혼자서 했다. 산모의 보호자도 산후조리원
도 없다. 심지어 낳은 지 하루 만에 아기를 안고 바깥에서 해바라기하
는 산모도 있었다. 병원에 있는 나흘 동안 엄마는 집에서 우리 아들을
돌보셨다.

호주 시드니 마터 병원에서 둘째인 딸아이를 출산한 날이었다. 전날
밤 12시부터 분만실에서 진통을 지켜보던 엄마를 새벽 3시쯤에 집으
로 보내드렸다. 진통이 계속되는데 산도에 신경이 눌렸는지 손발이 저
렸다. 쩔쩔매는 딸의 손발을 안타까워하며 주무르다 큰아이가 졸음에
겨워하는 바람에 아이를 재우려고 집으로 가셨다. 딸 걱정에 잠을 못
이루고 새벽에 일어나 미역국을 끓이셨다. 아침에 큰아이를 유치원에
보내자마자 택시를 타고 다시 병원으로 오셨다. 엄마를 위해 간호사
수녀님이 저녁에 타고 가신 택시 기사에게 아침에도 예약을 부탁해놓
았기에 그 차를 타고 다시 병원에는 수월하게 오셨다.

친정 엄마는 열흘 전 한국에서 오셨는데 질경이를 캐러 가까운 공원
에 가자고 하셨다. 호주에 흔한 질경이로 고들빼기김치를 유난히 좋아
하는 사위에게 줄 김치를 담그겠다고 했다. 쭈그려 앉아서 질경이를
캐는데 배가 자꾸 아래로 처졌다. 집에 돌아와 질경이를 갈무리해서
소금물에 담그고, 엄마가 한국에서 가져온 겉절이에 저녁을 맛있게 먹
고 잠자리에 들었다.

출산 예정일이 일주일이나 남았는데, 밤 11시가 되자 배가 살살 아프기 시작했다. 그러다 자궁이 열리는 신호인 이슬이 비쳤다. 점점 통증의 간격도 빨라졌다. 떨리는 마음으로 엄마를 깨우고 산모 가방을 챙겼다. 택시를 부르고 잠들었던 아들도 깨웠다. 호주는 12세 미만의 아이를 집에 혼자 두지 못하게 하는 아동 안전 보호법이 있었다. 11시 30분 도착한 택시를 타고 병원에 도착하니 11시 50분이었다. 태기가 있자 남편이 예약해두었던 마터 병원이었다. 가톨릭 재단에서 운영하고 수녀님들이 간호사로 근무하는 산부인과 전문 병원이었다.

비상벨을 누르자 당직 간호사가 문을 열어주었다. 입구의 계단을 오르다가 통증이 심해 주저앉았다. 한국에서 첫 아이를 순산했던 경험이 있어 느긋하게 생각했는데 하마터면 아이를 길바닥에서 낳을 뻔했다. 간호사 수녀들의 부축으로 분만실에 안전하게 도착했다. 그런데 예정일이 일주일이나 남아서인지 주치의는 휴가 중이며 사흘 후에나 돌아온다고 했다. 다른 의사를 부른 건 새벽 1시였다. 15분 만에 달려온 의사가 가운을 입고 수술용 장갑을 끼다가 엄마 뱃속을 박차고 나오는 딸아이를 슬라이딩하듯 달려와 받았다. 하마터면 놓칠 뻔했다며 수선을 떨었다. 새벽 1시 34분 건강한 딸아이가 태어났다. 나는 태반까지 모두 출산하고 나서야 저리던 통증에서 가까스로 해방되었다. 탯줄을 자르고 의사는 아기를 내 배 위에 올려놓으며 심장 소리를 들어보라고 했다. 아이의 튼튼한 심장 소리에 이국의 하늘 아래서도 아이를 잘 낳았다는 뿌듯함에 감정이 북받쳤다. 벅찬 감정이 식기도 전에 내 의견 따위는 아랑곳없이 수녀님들에게 포위되다시피 샤워실로 이송되었다.

어젯밤의 베이비

위생상 몸을 씻어야만 아이에게 젖을 물릴 수 있다고 했다. 다행히 욕조에는 미끄럼 방지용 깔개가 있었다. 후들거리는 몸으로 설치된 봉을 간신히 붙들고 서서 씻어주는 대로 몸을 맡겨야 했다. 정성 어린 수녀님들의 따뜻한 손길에 부끄러움보다 감사한 마음이 먼저 일었다.

깔끔하게 갈아입혀준 실내복을 입고 사랑스러운 아기와 눈을 맞추며 초유를 먹이고 나니, 내게도 밥이 도착했다. 메뉴를 고를 수 있도록 미리 신청서를 가져왔을 때 첫 식사는 부드러운 오믈렛으로 신청했었다. 달걀로 돌돌 말린 오믈렛 속에 놀랍게도 미역이 들어 있었다. 피를 많이 흘린 산모에게 필요한 조혈 성분인 요오드와 알긴산 그리고 철분을 비롯해 비타민 등이 풍부하게 들어 있는 미역을 산후조리용 음식으로 먹는 건 우리의 풍습인 줄 알았는데 호주 산모식에도 미역이 들어 있다니 신기했다.

예방주사를 맞고 외래 방문 날짜를 정하고, 우리 모녀는 퇴원해 집으로 돌아왔다. 친정 엄마는 지독한 향수병에 시달리면서도 '어젯밤의 베이비'와 딸의 산후조리를 한 달 열흘간 해주시고 마침내 한국으로 돌아가셨다.

빛나는 골드 시리즈

남편의 회사에서는 신제품이 나오면 실험적으로 출시하는 곳이 호주 전자 시장이었다. 설혹 실패해도 피해가 적었고, 성공하면 전 세계로 확산할 수 있는 곳이다 보니 경쟁이 치열했다. 일본의 전자제품이 호주 시장을 점령하고 있었다. 소니나 파나소닉, 샤프 등 일본 전자제품은 우리나라 제품에 비해 높은 가격을 유지했다. 우리나라 제품은 브랜드가 열세였기 때문에 어쩔 수 없었다. 그 가격의 차이를 줄이는 것이 남편 회사의 목표였다.

어떻게 할 수 있지? 회사에서는 물론 퇴근한 집에서도 마케팅 전략을 고민하는 남편의 머리에 새치가 눈에 띄게 늘고 있었다. 고민에 고민을 거듭하던 남편은 호주의 역사를 주시했다. 호주의 백인 역사는 200년 남짓하지만 남편은 호주인들의 자긍심을 일깨워줄 수 있는 것을 찾았다.

호주는 서구인들이 발견하기 전에는 호주 원주민들이 부족을 이루어 살아가던 땅이었다. 문자가 없었기에 그들의 역사는 전설이나 설화로 존재할 뿐이었다. 1600년대 초 네덜란드 선박이 호주를 발견했으나 쓸모없는 땅으로 여겼다. 영국의 제임스 쿡 선장이 탐험하여 조국에 넘긴 것이 1770년이었다. 영국인들이 호주를 개척한 이유는 죄수들을 수용하기 위해서였다.

19세기 캘리포니아에서 사금이 처음 발견되었을 때 영국 사람들은 금빛 미래를 꿈꾸며 아메리칸 드림을 이루기 위해 너도나도 미국으로 몰려갔다. 호주에 금이 난다는 소문을 들은 호주 사람 에드워드 하그레이브스는 미국에서 채굴 기술을 배워 호주로 돌아왔다. 동료들과 금을 찾아 다니다가 뉴사우스웨일스의 어느 강가에서 금덩어리를 발견했다. 계속 금을 찾아 채굴을 시도한 끝에 여러 곳에서 엄청난 양의 금을 찾은 그는 정부로부터 채굴권을 따내 금광 사업을 본격적으로 시작했다.

종종 용기 있는 자가 미인을 얻듯이, 금도 얻을 수 있구나. 남편은 호주의 골드러시 역사 속에서 무언가 영감을 얻은 듯했다.

금맥이 발견되었다는 소식은 바람보다 앞서 호주 전역으로 퍼져 나갔다. 삽시간에 호주 사람들이 들썩이기 시작한 건 당연한 이치였으리라. 게다가 다른 나라와는 달리 호주의 지형은 풍화와 침식이 활발하게 일어나서 강가나 산에 금이 노출되어 쉽게 발견할 수 있었다. 금덩어리를 쉽게 주울 수 있다는 소문에 전 세계 사람들이 몰려들기 시작했다. 호주에서 채굴된 금이 런던으로 선박을 통해 들어가자 영국인들은 뒤늦게 그 사실을 알게 되었다. 1800년대 중반이 되자 죄수의 땅이었던 호주가 영국의 젊은이들에게는 미국보다 더 갈망하는 곳이 되었다. 겨우 40만 명에 불과했던 호주 인구가 15년 사이 170만 명에 육박했다.

새로운 정착민들을 위한 신도시가 형성되었고 경제적 호황도 이어졌다. 구석구석으로 금을 찾아 나선 사람들 덕분에 미개척지까지 개발되었다. 노동자들의 팽창은 정치적 변화까지 가져왔다. 영국은 호주 연방의 자치권을 허용하게 되어 골드러시는 호주의 민주화까지 이뤄낸 셈이었다.

남편은 이런 역사를 지닌 호주의 골드러시에 착안해 전자제품을 출시해야겠다고 생각했다. 텔레비전 제품에 호주인들의 역사적 성공시대를 반영해 시리즈물로 도입할 계획을 세웠다. 호주 사람들의 자긍심을 불러일으킬 골드러시에 대한 역사적인 의미를 담은 '골드 시리즈 마케팅'이었다. 일본 제품에 비해 차별화된 포인트나 전략이 있어야 가격 차이를 줄일 수는 있다고 남편은 판단했다.

남편의 마케팅 전략을 들은 헤드매니저가 일단 해봐도 좋겠다는 의사를 표명했다. 남편은 본사 담당자들에게 프레젠테이션을 통해 골드 시리즈 텔레비전을 생산해 전자제품 시장에 내놓으면 매대의 앞자리에 전시할 수 있고, 역사적 스토리를 입혀 론칭하면 호감을 살 수 있다고 설명했다. 또한 프로모션을 통해 마켓 셰어를 높일 수 있다고 호소

했다. 남편의 계획에 담당 임원들의 적극적 호응이 있어 드디어 제품이 생산 출시되었다.

그동안 일본 제품에 밀려 매장의 구석 자리를 차지하고 있던 대한민국의 전자제품이 화면의 겉테두리에 금빛을 두르고, 호주 전자상가의 매장 맨 앞자리에 전시되었다. 가격을 10~20퍼센트 상향 조정해서 출시했는데도 대성공이었다. 그동안 좁혀지지 않았던 40퍼센트 가격 차이를 단숨에 반 이상 줄인 것이다. 동남아를 비롯해 전 세계의 전자 시장에서도 좋은 제품으로 선정이 되었다. 그해 연말에 남편은 본사에서 주는 전체 주재원 대상 공적상을 받았다.

명실상부한 세계적 위치에 자리한 대한민국 전자제품의 뒤에는 남편과 같은 주재원들의 헌신적인 노력이 깃들어 있다. K 드라마를 한국 텔레비전으로 시청하며 울고 웃는 전 세계 사람들을 생각하면 주재원의 아내로 살았던 날들에 보람을 느낀다.

영국인 할아버지와 빨래 소동

딸아이가 독립 선언하고 나가서 살 집을 보러 다니기 시작했다. 아들도 작년에 친구 집에서 지내는 시간이 늘더니 은근슬쩍 집에 오는 날이 뜸해졌다. 서른이 넘은 아이들을 마냥 품에 안고 있을 수는 없지만, 남편과 나는 마음이 허전했다. 앨범을 정리하다가 남편이 기업체 주재원으로 해외에 살기 시작했던 호주에서의 사진이 눈에 들어왔다. 지금은 돌아가신 엄마가 유모차 손잡이를 잡고 환하게 웃고 있는 사진에는 네 살 아들이 손을 V자로 하고 엄마 옆에 바짝 붙어 있었다. 통통한 볼이 상기되어 있는 아들 뒤로 익숙한 실루엣이 프랜시스 거리를 엑스트라처럼 지나고 있는 모습을 보니, 그때 일이 어제의 일처럼 생생하게 떠올랐다.

딸아이가 태어났던 호주에서 산후조리를 해주시던 엄마와 출산 후 처음으로 집을 나섰다. 한 달 만에 프랜시스 로드에 서자 가슴이 두근거리고 걸어가는 발걸음이 허공에 둥둥 떠가는 듯했다. 눈 속 깊숙이 파고드는 강렬한 태양을 품은 하늘이 하얗게 보일 지경이었다. 새소리마저 더 크게 들렸다.

태어나 겨우 20일 된 딸아이를 유모차에 태우고 과일가게에 들어서자 여주인 베티가 쪼르르 달려왔다. 아기 바구니째 유모차에 태운 딸아이를 신기한 듯 들여다보더니 "고저스, 고저스(Gorgeous, gorgeous)" 나보다 엄마를 올려다보면서 중얼거렸다. 엄마는 흐뭇한 미소를 지으며 할머니가 된 것을 축하한다는 말에 수줍어하며 땡큐 조그맣게 대답하셨다.

과일을 사 들고 나오다가 건너편 아파트에 사는 영국인 할아버지와 마주쳤다. 할아버지는 모자를 벗으며 예의 바르게 다가와 유모차 안을 들여다보았다. 레이스가 있는 머리띠를 두른 걸 보더니 딸이냐고 하면서 유심히 들여다보았다. 유모차에 숙였던 허리를 펴면서 나를 보더니 자신의 배 위로 불룩하게 손 모양을 하며 그 뱃속 아기를 출산한 거냐고 물었다. 유모차 옆에서 엄지손가락을 입에 물고 있던 아들이 덩달아 배를 내밀며 3주 됐다고 큰 소리로 대답했다. 할아버지는 한 걸음 뒤로 물러나며 눈을 과장되게 치켜뜨고서 놀라는 척했다. 한국 아기를 이렇게 가까이 보는 건 처음이라며 너무 귀엽고 예쁘다는 뜻으로 고저스, 고저스를 연발했다. 유모차 손잡이를 쥐고 있던 엄마와 눈이 마주치자 할머니가 된 것을 축하한다고 말했다. 엄마는 어색한 듯 웃으며 벌써 십 년도 더 묵은 할머닌데 하셨다.

할아버지와 멀어지기를 기다려 엄마는 "저 할아버지가 그 할아버지 맞지?" 소곤거리셨다. 나는 머리를 끄덕였고, 우리는 할아버지의 멀어져가는 뒷모습을 보며 웃지 않을 수 없었다. 아들은 영문도 모르고 따라 웃었다.

"햇볕이 참 좋구나, 빨래를 내다 널어야겠다." 바람이 살랑이는 오후 엄마는 바깥 날씨가 아까워 발코니에 건조대를 내다 놓고 기저귀를 널었다. 팔랑팔랑 하얗게 습기를 내뿜으며 기저귀가 말라가는 걸 우리는 흐뭇하게 바라보았다. 엄마의 손길에서 느껴지는 평화로움이 깃든 느긋한 오후가 더없이 만족스러웠다.

아기에게 젖을 물리고 있던 나는 "어머나, 세상에! 망측하기도 해라!" 엄마의 소리에 깜짝 놀랐다. 발코니에 나갔던 엄마는 기저귀를 걷다 말고 거실 안으로 뛰어들며 어쩔 줄 몰라 했다. 얼굴이 빨갛게 상기되어 소파에 털썩 주저앉았다. "아니, 저 노인네가 망령이 들었나 왜 저러고 있다니?" 엄마가 길을 잃은 시선으로 얼굴까지 돌리며 손가락질하는 곳을 보았다. 빨래에 가려 잘 보이지 않았다. 젖을 다 먹이고 발코니에 나가 주위를 살피던 나 역시 깜짝 놀라 다시 거실 안으로 뛰어들고 말았다. 엄마는 소파에서 가슴을 한 손으로 누르고 있다가 놀라 뛰어든 나와 눈이 마주치자 웃음을 터트렸다. 나도 푸하하 웃을 수밖에 없었다.

건너편 아파트에는 영국인 할아버지가 살고 있었다. 햇빛이 좋은 날에는 느슨한 반바지에 상의를 벗은 채 선베드에 누워 파이프 담배를 피우는 모습이 자주 눈에 띄었다. 엄마가 빨래를 걷으러 나갔던 그날은 선베드에서 일어나던 할아버지의 벌거벗은 모습을 하필 정면으로 마주치고 말았다. 내가 나갔을 때는 다행히 엎드려 있어 털북숭이 엉덩이를 보는 데 그쳤다.

외국에서 생활하다 보면 문화의 차이로 가끔 당혹스러운 때가 있었다. 음울한 날씨 탓에 북유럽 사람들은 해만 나오면 해변이나 풀밭으로 달려 나갔다. 쾌청한 날 햇살이 나오면 해변으로 가는 길이 유난히 막혔다. 햇빛 찬란한 날씨가 아까워 엄마는 빨래를 널었고, 영국인 할아버지는 선탠을 한 것이었다. "저 양반은 자기 몸을 널어 말린 게로구나" 하는 엄마의 말에 또다시 웃었다.

엉뚱하게도 다음 날 우편함에는 경고장이 하나 날아들었다. 발코니에 세탁물을 내걸지 말라는 것이었다. 위험할 수 있고 미관상 좋지 않다는 내용이었다. 건조기가 빌트인되어 있는데 왜 굳이 관리 규약을 어기면서 바깥에 빨래를 너느냐는 민원이 들어와 보내는 거라는 우리 아파트 관리실의 설명이 덧붙여 있었다. 발신인은 건너편 아파트 관리인으로 되어 있었다. 어이가 없어 우리 아파트 관리실로 갔다. 내 빨래를 내 집에 맘대로 널지도 못한다는 게 말이 되느냐고 항변했다.

관리실에서는 외부에 세탁물 너는 걸 금지한다고 했다. 게다가 경고장을 두 번 받으면 벌금이 나오고 세 번 받으면 강제 퇴거를 당할 수도 있다는 것이었다. 뜨거운 건조기에 손녀의 기저귀를 돌리면 꾸깃꾸깃 돌돌 뭉쳐 나오는 게 싫다던 엄마는 이후로 집 안쪽 거실 유리창에 최대한 바짝 붙여서 건조대를 놓고 빨래를 널었다. 한 자락이라도 햇빛이 닿는 곳에 손녀의 기저귀를 말리고 싶은 엄마의 마음이었다.

엄마는 영국 할아버지를 의심했다. 빨래를 널며 바깥을 왔다 갔다

하는 바람에 자신의 알몸을 들킨 것이 창피해서 그랬을 거라는 근거였다. 살다 보면 오해로 이웃끼리 얼굴을 붉힐 수 있기에. 누가 신고했느냐를 따지기보다는 규칙을 알고 지키는 것이 중요하다는 생각이 들었다. 그래서 이웃 한국 사람들에게도 알려주고 싶었다. 아니나 다를까 경고장을 받은 사람은 나만이 아니었다. 우리 아파트에 사는 동원 새댁도 받았다.

바람이 거세게 부는 호주 날씨에는 빨래가 위험할 수도 있다는 걸 그 후 알았다. 집게를 집어놓아도 빨래가 날아가 지나가던 차의 앞 유리를 덮치기도 하고, 건조대째 떨어져 내려 길 가던 사람이 다친 일도 있었다. 물론 주택의 형태에 따라 빨래에 대해 다른 규정이 적용되었다. 가끔 바람을 쐬러 발코니에 나갔던 남편이 "어휴우, 무슨 바람이 이렇게 세게 불어! 까딱 잘못 했다간 바람에 날려 떨어지겠네." 하면서 서둘러 집 안으로 들어오기도 했다.

엄마와 나는 베란다 통창을 열 때마다 영국인 할아버지 쪽을 한 번씩 쳐다보게 되었다. 생각보다 할아버지는 풍욕과 선탠을 자주 즐겼다. 처음엔 혼비백산 놀랐던 엄마도 흘끔 보고 피식 웃어넘기셨다. 그런 날에는 자구책으로 블라인드를 내려 창을 가렸다. 거리에서 만나는 할아버지는 언제나 단정한 옷차림에 유연한 동작으로 다가와 친절하게 웃으며 인사를 건넸다. 당신 알몸을 누가 보든 안 보든, 괘념치 않는 듯했다. 우리 생각으로는 알몸 선탠이 더 풍기 문란으로 문제가 될 법도 했건만, 우리 아파트에 사는 까탈스럽던 백인 할머니조차 그냥 넘어갔다.

한 달간의 산후조리가 끝나자 엄마는 한국으로 돌아가셨고, 우리는 북쪽의 주택으로 이사를 했다. 무엇보다 뒷마당에 있는 긴 빨랫줄이 마음에 들었다. 뽀송뽀송한 햇살 냄새가 나는 빨래를 걷을 때마다 나는 가끔 영국인 할아버지를 보고 놀라시던 엄마의 얼굴이 떠올라 혼자 웃음 짓곤 했다. 엄마가 살아 계셨으면 딸아이의 독립을 보셨을 텐데…… 아릿해지는 가슴에 손을 얹었다.

영이와 준이

붓꽃이 피는 정원이 아름다웠던 아타몬의 브로턴 로드 45-47번지. 전임자가 살던 타운하우스에서 살다가 프랜시스 로드 1번지의 아파트로 이사를 했다. 걸어서 언덕길을 넘어야 하는 첫 집에서는 차 없이는 장보기도 힘들었다. 가게나 집을 챙겨주는 부동산 사무실까지 유모차를 끌고 다니기에는 무리가 있어 둘째를 낳기 전에 서둘러 이사를 했다.

하루는 주차장에서 한국 아이들인 듯 보이는 다섯 살 꼬마를 만났다. 봉고차에서 내리는 두 아이를 보고 귀여운 모습에 이끌려 손을 흔들며 알은체를 하고 있는데, 운전석에서 호주인 부부가 내렸다. 그들이 부르는 아이들의 이름은 영이와 준이였다. 그리고 세 아이가 더 내렸는데 베트남 아이들로 보였다. 호주에서 3년쯤 살다 보니 동양 사람들은 어느 나라 사람인지 구별이 되었다. 나는 반가운 마음에 아이들에게 좀 더 다가가 하이! 하고 인사를 했다. 아이들은 호주 부모들 뒤로 숨었다.

아이들이 의기소침해 있었고, 심하게 주눅이 들어 보였다. 나중에 내린 베트남 아이들도 마찬가지였다. 이상한 기분을 떨칠 수 없었지만, 호주인 부부가 환하게 웃으며 어깨를 으쓱하고 말았기에 아이들이 부끄럼을 많이 타는가 보다 하며 그냥 지나쳤다.

며칠 후 우리 동네로 꺾어지는 골목길 언저리에서 준이라고 불렸던 남자아이의 엉덩이를 호주인 아빠가 심하게 때리는 장면을 목격했다. 차를 운전하고 가다가 보았던 장면이라 약간은 두렵기도 했지만, 나는 그냥 지나칠 수가 없었다. 차를 갓길에 세우고 용기를 내어 다가가 한국에서 입양한 아이들이냐고 물었다. 남자는 네가 관여할 일이 아니니 상관 말라고 했다. 나는 피가 거꾸로 솟는 듯 분노를 느꼈다. 한국에서 영화 〈수잔 브링크의 아리랑〉을 보며 아기 수출국이라는 오명이 부끄럽고 아팠는데, 해외에서 그 현장을 직접 맞닥뜨리게 될 줄은 꿈에도 몰랐다. 슬프고 참담해 온몸이 떨렸으나 내가 할 수 있는 일은 당신이 아이를 때리는 것을 보아서 유감이라고 말하는 것뿐이었다.

남자는 흠칫 놀라 아이가 차 안에다가 오줌을 싸서 버릇을 고치기 위해 훈육하는 거라고 안절부절못하며 뒤늦게 변명했다. 떨리는 마음을 주체하기 힘들었지만 나는 다시 침착하게 말했다. 말로 해도 충분히 알아들을 수 있을 테니 아이를 다시 길거리에서 때리는지 앞으로 쭉 지켜보겠다고 했다. 그러자 조수석에 있던 여자가 얼른 차에서 내려와 다시는 그런 일이 없을 거라며 사과했다. 나는 나에게 사과할 필요는 없고 아이에게 때린 걸 사과하라고 버텼다. 남자는 발가벗겼던 준이에게 여자가 가져온 새 옷을 입히고 둘이 같이 아이를 안으며 미안하다고 사과했다.

나는 그들이 입양한 아이들을 키우며 정부가 주는 수당으로 살아가는 사람들이란 것을 알게 되었다. 그 당시 호주 정부는 인구 증가 정책으로 이민자를 많이 받아들이고 있을 뿐 아니라 입양아들도 적극적으로 받아들여 그런 방식으로 양육하고 있었다.

가끔 유학생들이 아동복지회로부터 입양아를 데리고 가는 패트롱 역할을 해달라는 제안을 받는다는 말을 들은 적이 있지만, 우리나라가 아가들을 수출하고 있다는 건 미처 몰랐다. 돌아서는 내 등 뒤에서 그 부부가 내뱉듯 하는 말을 처참한 기분으로 들을 수밖에 없었다. 영이랑 준이는 제 나라에서 팔아치운 아이들이야. 알고나 있어? 우리가 잘 키워주고 있는데 저 여자는 뭐야? 나는 그만 길에 주저앉아 울고 싶었다. 아이들을 팔다니…… 너무 수치스러웠다.

용기를 내어 다시 그 부부에게 돌아가 나라 간의 일은 잘 모르겠고, 당신은 당신의 의무를 잘 수행해야 하는 거 아닌가, 내가 오늘 보았고, 앞으로도 계속 지켜보겠다고 말했다. 공허한 메아리가 될지언정 나는 우리의 아이들이 타국에서 학대받는 현장을 모른 척하고 그냥 지나칠 수가 없었다. 그러나 그런 현실이 몹시 답답하고 마음이 아렸다.

주재원 부인들의 모임에서 내가 보고 겪은 이야기를 했다. 다들 가슴 아파하면서 우리가 무엇을 할 수 있을지 생각해보았지만 막막했다. 서로의 얼굴을 무겁게 바라보며 안타까움만 가중될 뿐이었다. 핏줄을 중요시하는 우리나라 사람들은 입양을 꺼렸다. 나부터도 어려운 상황

영이와 준이

에 놓인 아이들을 데려다 키울 용기는 없었다. 그러니 그렇게라도 키워주는 그 사람들을 고마워해야 하는 것은 아닌지…… 모두가 마음이 착잡했다. 그래도 최소한 아이들을 마주치게 되면 관심을 가지고 지켜보자고 했다.

가끔 영이랑 준이 그리고 세 베트남 아이까지 다섯 아이를 봉고차에 태우고 어디론가 가는 그 부부를 주차장이나 마트에서 마주치곤 했다. 남자는 유감인 듯 나를 보는 눈에 경계심이 가득했고, 여자는 혹시 신고라도 해서 양육권을 박탈당하지나 않을까 불안한 눈빛으로 나를 바라보았다. 그럼에도 하루가 다르게 활발하게 크는 아이들을 놀이터에서 보게 되면 그나마 조금 안심이 되었다. 이웃집 일본 아이들이 키우는 까만 토끼를 잡으러 영이와 준이는 다른 아이들과 어울려 깡충거리며 뛰어다녔다.

엄마, 빨리빨리

11월, 호주의 봄이 지나가고 초여름의 따사로운 햇살이 등을 간질이는 오후였다. 아이들이 재잘대는 소리가 놀이터를 채우고 바람은 자카란다 나무의 우듬지에 걸려 청자색 꽃송이들을 흔들어대고 있었다.

엄마! 부르는 소리에 손 차광막을 하고 두리번거리다 미끄럼틀을 타고 내려오는 딸아이를 보았다. 활짝 웃으며 딸아이에게로 달려가는데, "빨리빨리! 엄마, 빨리빨리, 언니, 빨리빨리!" 하는 소리가 미끄럼틀 꼭대기에서 들려왔다. 딸아이 발이 미처 땅에 닿기도 전에 달려가 덥석 품에 안았다. 뒤이어 미끄럼틀을 내려온 금발의 아이가 언제 그런 소리를 질렀냐는 듯이 히힛 웃으며 푸르고 맑은 눈 가득 호기심을 담고 나를 빤히 바라보았다. 한국말을 할 줄 아냐고 묻자 고개를 흔들며 애먼 손가락만 깨물었다.

호주 사람들 대부분이 한국이 어디 있는 나라인지도 모르던 1990년대 중반이었으니 당연히 한국말을, 그것도 어린아이가 할 줄 알 리가 없었다. '빨리빨리' 뜻은 알고 말하는 거냐고 묻자 "quickly, right?" 하며 다시 나를 올려다보았다. 당돌하지만 귀여운 아이의 얼굴에 절로 미소가 지어졌다. 맞았다고 고개를 끄덕이자 일곱 살쯤 되어 보이는 여자아이는 키득 웃더니 몸을 돌려 제 엄마에게로 달려갔다. 아이의 손을 잡은 엄마가 천천히 나에게 다가왔다.

세 살배기 딸아이는 어느새 내 품에서 벗어나 아장거리며 떨어진 보랏빛 자카란다 꽃잎을 줍고 있었다. T 발음이 강한 영어 악센트로 미루어보아 아이의 엄마는 영국 사람인 것 같았다. 유쾌한 얼굴로 나에게 인사를 건네더니 어느 나라 사람이냐고 물었다. 한국인이라고 대답하자 잠시 고개를 갸우뚱하더니 동남아에 있는 나라냐고 물었다. 늘 그렇듯이 중국과 일본 사이, 동북아에 있는 나라라고 대답하자 흥미롭다는 듯 눈썹을 치켜올리며 몇 차례 고개를 주억거렸다.

티셔츠 앞자락에 종 모양의 꽃잎을 담고 있는 딸아이를 옆 눈으로 지켜보며 아이 엄마의 얘기를 들었다. 요즘 놀이터에서 가장 많이 들었던 소리가 '빨리빨리'라고 했다. 자기 아이가 재밌다며 자꾸 그 소리를 따라서 관심이 가는 말이, 상황을 보니 서두르라는 뜻인 건 알겠더라고 했다. 그런데 한국 부모들이 하나같이 아이들에게 빨리빨리 하라고 하는 특별한 이유가 있는지 물었다. 특별한 이유라기보다는 우리나라 사람들이 부지런한 습관이 있어 그러는 거라고 대답했다.

아이 엄마는 어깨를 으쓱하더니 얼굴에 뜻 모를 웃음을 머금고 고개를 갸웃거리다가 설명해줘서 고맙다고 했다. 자신은 영국에서 왔고 이름은 엘리자벳이라고 하며 잘 지내보자고 악수를 청했다. 내 세례명과 이름이 같아서 아이 엄마가 내미는 손을 수줍게 마주 잡았다. 엘리자 벳 딸 이름은 마리암이었다. 서로 아이들이 예쁘다는 둥, 날씨가 좋다는 둥 얘기를 몇 마디 더 나누다가 다음에 또 보기로 했다.

엘리자벳은 마리암을 데리고 보랏빛 자카란다 꽃이 터널을 이룬 환상적인 가로수 길을 건너 손을 흔들며 멀어져갔다. 나도 딸아이와 함께 손을 흔들어주었다. 엄마 손을 잡고 폴짝거리며 가던 마리암이 갑자기 뒤돌아 소리쳤다. "엄마 빨리빨리!" 그 소리에 우리는 서로를 건너다보며 크게 웃었다. 웃음이 멎자 나는 모녀에게 "Take your time!" 하고 소리치며 더 크게 손을 흔들어주었다. 마리암과 엘리자벳도 다시 "Bye!" 웃으며 돌아섰다.

놀이터에서 마주칠 때마다 만면에 우아한 미소를 띠며 다가오는 엘리자벳은 반가웠다. 낯가림을 이겨내며 그녀와의 대화를 통해 영어 회화 실력이 늘어갔다. 아이들도 금세 친해져 "빨리빨리!" 하며 뛰어노는 소리로 놀이터는 늘 시끌벅적했다.

저녁 먹으러 집으로 돌아가려고 아들을 불렀다. 일곱 살 아들은 제 또래의 아이들과 선선한 바람이 부는 자카란다 나무 그늘에 모여 놀고 있었다. 아들을 불러 집으로 돌아오는 길에 엄마가 '빨리빨리'라는 말 많이 했느냐고 묻자 어린 딸아이는 아는지 모르는지 애교 섞인 콧소리로 으응 대답하며 안아달라고 손을 뻗었다. 아들은 "엄마는 맨날 더 놀고 싶은데 빨리 집에 가자고 하잖아!" 하면서 발로 땅을 푹푹 찼다. 나도 모르게 놀이터에서조차 아이들에게 그랬나 싶어 미안해졌다. 딸아

엄마, 빨리빨리

이를 안고, 불만으로 입이 뾰족 튀어나온 아들을 데리고 집으로 돌아오며 우리는 왜 그렇게 무엇이든 빨리 하는지를 생각했다. 행정적인 처리가 세계 어느 나라보다 빠르고 신속해서 나는 우리나라가 좋다. 음식을 주문하면 배고픔을 느낄 새도 없이 빨리 나와 먹을 수 있으니 행복하다. 생활 전반이 느린 호주 문화에 답답증이 느껴질 때도 있었다.

우리의 빨리빨리 문화는 남편처럼 해외에서 일하는 주재원들이 신속하고 탁월한 경쟁력으로 해외 시장에서 혁혁한 성과를 이루는 원동력이 되었다. 단기적 안목과 장기적 안목이 적절히 필요한 해외 사업에서 일을 신속히 해결하는 것은 무엇보다 우선시되는 덕목이었다.

집으로 돌아가자마자 나는 아이들을 욕실에 밀어 넣으며 빨리 씻고 밥 먹자고 말했다. 회사에서 돌아온 남편도 옷을 갈아입고 손을 씻자마자 여보, 밥 아직 멀었어요? 빨리빨리 먹자, 배고파! 했다. 우리가 집 안에서 무엇을 어떻게 하든, 주방 창밖으로 보랏빛 자카란다 꽃송이들이 바람에 산들거리고 있었다.

엄마, 빨리빨리

맹그로브 숲에서 만난 마이클과 비앙카

피지의 리조트 안에서는 아이들을 카트에 태우고 골프를 칠 수 있었다. 술을 잘 못 마시는 남편은 골프를 치면서 하는 사업 미팅을 선호했기에 한참 열심이었다. 남편은 아들을 골프 카트에 태우고 나는 딸아이를 유모차에 태워 골프장을 걷고 있었다. 아이들이 갑자기 환호성을 지르며 마주 오는 가족들에게 알은체했다. 우리 동네 같은 타운하우스에 사는 이웃 마이클과 비앙카 가족이었다. 두 아이는 우리 아이들보다 한 살씩 많은 남매였다.

피지는 관광객 중 호주 사람들이 가장 많은 곳이니 그럴 만했지만, 한동네 사람을 거기서 우연히 만나니 반갑기 그지없었다. 무엇보다 아이들이 신나서 우리는 골프를 그만두고 다 같이 피지 전통 쇼를 하는 식당으로 저녁을 먹으러 갔다. 식당에서는 '망기티(magiti)'라는 토속음식을 먹었는데 로보(lovo)라는 조리 과정이 특이했다. 땅의 흙을 깊이 파고 돌을 반 정도 깊이로 넓게 채운 후 뜨겁게 달구었다. 그 위에 코코넛 잎으로 잘 싸맨 통돼지와 닭 그리고 마 뿌리 같기도 하고 고구마 같기도 한 카사바와 피지인들이 주식으로 먹는 토란의 일종인 달로 등을 얹었다. 그 위를 코코넛 잎으로 덮고 흙과 돌을 다시 얹어 세 시간 이상 묻어서 익힌 음식이었다. 코코넛 향이 그윽하게 스며 맛이 부드럽고 구수해서 아이들도 잘 먹었다. 로보는 화산섬의 지열을 이용한 땅속의 오븐인 셈이었다.

곁들여 나온 전통 음료 카바는 고추과 식물인 양고나 뿌리로 만든 가루를 물에 타서 걸러낸 것인데 황토색에 맛도 묘했다. 조금 마시자 흙냄새가 나면서 혀끝이 아렸다. 아이들은 이상한 전기 냄새가 난다며 인상을 찌푸렸다. 마시기 전에 박수를 한 번 치고 쭉 바닥까지 들이켠 후 박수를 세 번 치면 행운이 따른다는 말이 재미있어서 몇 잔을 연거 푸 마시자, 분명 알코올 성분이 없다고 했는데 몽롱한 기분이 들면서 몸이 노곤해졌다. 피지 사람들 말대로 나눠 마시면 모두가 친구가 되 는 음료임이 분명했다.

남태평양의 피지는 아름다운 섬나라이다. 영어로는 Republic of Fiji(피지공화국)이라고 하며, 피지어로는 마타니투 투가라라 오 비티 (Matanitu Tugalala o Viti)가 공식 명칭이다. 남편의 주재지인 호주에서는 가까워 손쉽게 갈 수 있었다. 비치레부섬의 난디 공항에 도착하자 흰 꽃에 붉은 꽃잎을 겹쳐 만든 부아를 귓가에 꽂은 아가씨들이 환한 미 소로 불라!(Bula!)를 외치며 환영의 노래를 불렀다. 아가씨들의 미소와 흥겨운 노래에 맞춰 신명이 난 우리 아이들은 손뼉을 치고 발을 구르 며 좋아했다.

숙소가 있는 야누카 아일랜드로 가는 동안 어릴 적 동네 어귀에서 나던 달고나 냄새가 섬 전체를 휘감고 있었다. 사탕수수 수확기였는데 농장이 불길에 휩싸여 있었다. 깜짝 놀라 사탕수수 밭에 불이 난 거냐고 타고 가던 택시 기사에게 물었다. 사탕수수를 수확하기 위해 일부러 불을 놓은 거라는 답변이 돌아왔다. 걸리적거리는 이파리를 제거하고 밭에 서식하는 독사도 퇴치할 수 있어 일거양득이라고 했다. 사탕수수 줄기는 수분이 있어 타지 않는다고 했다. 그래서 설탕 색깔이 검은 거냐고 하자 그건 아니라고 했다. 흑설탕은 오히려 백설탕에 당밀을 첨가해서 색과 풍미를 더한 거라고 했다.

피지는 두 개의 큰 섬인 본섬과 북섬 그리고 330개의 섬으로 이루어져 있고, 우리나라 경상북도 정도의 크기이다. 통가와 바누아투 중간인 남태평양 한가운데 있어 주위 섬나라들의 교통 요충지로서 허브 역할을 톡톡히 했다. 호주에서 바라보면 동쪽에 있고, 뉴질랜드의 북쪽에 있다.

우리가 있었던 야누카섬은 섬 전체가 리조트로 개발된 곳이었다. 야자수에 기대 있는 카누는 언제든 무료로 탈 수 있었다. 아이들과 신나게 달려가 카누를 탔는데 생각보다 힘겨웠다. 처음 타는 것이라 손에 굳은살이 생길 정도로 열심히 노를 저었지만 겨우 조금씩 움직일 뿐이었다. 물이 맑고 투명한 바다에서 환상적이고 부드러운 산호초 사이를 누비는 열대어들의 화려함에 이끌려 스노클링을 했다. 아이들은 물에서 손이 퉁퉁 불도록 나오지 않았다.

관광객을 위해 개조된 협궤열차를 타고 까맣게 그을린 사탕수수가

맹그로브 숲에서 만난 마이클과 비앙카

즐비한 평야를 가로지르며 이어지는 섬들을 구경했다. 열차의 검표 승무원은 역마다 내려 멀리 산꼭대기 집까지 우편물을 배달했다. 전속력으로 달려 내려와 천천히 움직이는 열차에 다시 올라타는 모습은 마치 육상 선수처럼 날렵했다. 고기를 잡는 원주민들의 까만 팔이 겨냥한 작살은 정확하고 신속하게 날아가 은빛 물고기에 명중했다. 투명하게 비치는 물속에서 맨몸으로 건져 올린 펄떡이는 생선을 물을 뚝뚝 흘리며 들고 다가오며 사라고 했다. 바닷가 해변에는 나뭇가지에 직접 만든 조개 목걸이를 걸어놓고 파는 까맣고 깡마른 여인들도 보였다. 파도가 넘실대는 바닷가에서 마이클과 비앙카 가족과 말을 탔다. 기차에서 내리자 우리는 네 마리 말을 각자 타고 신나게 달리는 그들과 달리 나는 아들을 앞에 안고 남편은 딸아이를 앞에 태우고 천천히 말을 몰았다. 바닷바람이 시원하게 곁을 스치며 지나갔다. 그렇듯 즐겁고 행복한 시간을 보내고 있는 동안에도 낮에 협궤열차에서 보았던 장면이 뇌리에 남아 떠나질 않았다. 기차에 바싹 들러붙어 "기브 미 원달러! 초콜릿 플리즈!"를 외치던 아이들의 새까맣고 긴 손가락과 가느다란 팔 그리고 애처롭던 눈망울이 어른거렸다. 우리나라가 지독하게 가난했던 1960년대, 미군들에게 그렇게 구걸했던 모습이 겹치면서 마음이 먹먹해져왔다.

저녁으로 망기티를 먹는 우리 앞에서 전통음악과 춤인 메케(Meke) 공연이 펼쳐지고 있었다. 배 모양의 나무로 만든 북 랄리와 대나무 통으로 만든 응데루아 연주에 맞춰 흥겹게 추고 있었다. 홀라댄스처럼 보이는 복잡한 동작 하나하나에는 전쟁의 승리를 기원하고 다산을 비는 의미가 담긴 역사적인 춤이라고 했다. 나무껍질로 만든 타파(tapa)라는 천으로 만든 전통의상을 입은 여인들의 손목에 달린 꽃장식이 춤을 출 때마다 화려하게 흔들렸다.

다음으로 불 위를 걷는 의식이 이어졌다. 피지인들이 자랑스러워하는 전사가 신비한 뱀장어로부터 불 위를 걸을 수 있는 능력을 얻어 남자들만이 한다는 전설적인 의식이었다. 꽤 넓은 장소에 나무로 불을 피워 달군 수백 개의 큰 돌 위를 맨발로 걸었다. 얼마나 뜨거운지 수건을 던지자 바로 타버릴 정도였다. 발바닥에 굳은살이 많아 보이긴 했지만 보는 내내 그들 대신 내가 뜨끔뜨끔 마른 땀을 흘렸다.

피지를 여행하며 체험한 이국적인 풍광과 문화는 나의 좁았던 시야를 넓혀주었다. 새로운 세상과 다양한 삶에 관심이 생기기 시작했다. 천혜의 자연으로 나를 반겨주고 흰살 생선과 파인애플이 유난히 맛있었던 피지. 도시 외곽으로 조금만 벗어나면 '부레'라는 초가집을 짓고 생활하는 멜라네시아 원주민들의 친절한 웃음과 선량한 눈매가 아름다운 나라. 경쟁주의와 이기주의와는 먼 이타적인 공유의 나라 피지에는 맑은 바닷물에 뿌리를 내리고 맹렬한 기세로 자라는 맹그로브 숲이 있어 지구는 여전히 푸르고 아름다웠다.

맹그로브 숲에서 만난 마이클과 비앙카

갓김치라고요?

  "갓김치라고요? 호주에서, 그것도 갓김치를 가지고 오셨다고요?" 김포 세관원이 입국하는 시부모님에게 짐 검사를 하면서 한 말이다. 시어머님은 당신이 생각해도 좀 어이가 없긴 했다고 말씀하셨다. 아들네가 살고 있는 호주를 방문하셨던 시부모님이 귀국하는 길이었다. 시아버님은 비행기에서 작성한 입국 신고서의 음식물 난에 정직하게 갓김치라고 쓰셨다는 것이다.

  호주 우리 집에 오신 시부모님은 아들을 새삼스레 바라보셨다. 남편이 처음 호주로 발령이 났을 때 해외 나가는 걸 걱정하시던 모습이 생각나 슬며시 웃음이 났다. 남편이 신입 사원이었을 때, 회사로 가는 출근 버스는 동대문운동장에서 출발했다. 우리가 사는 동네에서는 버스를 타고 몇 정거장 나가 전철을 갈아타고 가서야 출근 버스를 탈 수 있었다. 초만원인 버스와 지옥철인 전철에서 파김치가 되어 출근 버스에 오를 수 있었다. 남편이 하루는 지하철역 근처로 이사를 가자고 했다. 시어머님이 단칼에 거절하셨다. 남편과 나는 몹시 서운했지만, 어머님이 새로운 곳으로 이사 가는 걸 힘들어하신다는 것을 알고 나서는 더 이상 어쩌지 못했다. 그런 시어머님에게 다른 나라에서 잘 적응하며 지내는 아들 내외가 신통해 보이는 건 당연했다.

고기를 좋아하시는 시부모님을 모시고 하루는 모나베일에 있는, 헤들랜드 공원으로 소풍을 갔다. 시드니 북쪽 아타몬의 우리 집에서 차로 한 시간 정도 걸리는 바닷가에 있었다. 호주의 공원은 사계절 잔디가 푸르고 꽃과 나무들이 자연스럽게 어우러져 언제나 기분 좋은 곳이었다. 아이들과 노인 그리고 장애인들의 천국답게 공원에는 편의 시설들이 잘 갖추어져 있었다.

바비큐 화덕이 있는 곳에는 테이블과 의자도 있었다. 장작 더미까지 준비되어 있어 불을 피우기 편리했다. 비가 오거나 햇볕이 뜨거운 날에는 지붕이 있는 퍼블릭 바비큐 그릴을 사용할 수도 있었다. 퍼블릭 그릴은 전기요금 정도의 동전을 넣고 스위치를 켜면 철판이 뜨거워지는 시설이었다.

그날은 날씨가 좋고 바람도 시원해서 장작을 사용하는 화덕에 불을 피웠다. 주말인데 집에 혼자 있던 같은 회사의 주재원인 최 과장님도 초대했다. 부인은 방학이라 아이들을 데리고 한국에 가 있었다. 서로를 챙기며 정 깊게 지내던 사이였다.

소풍을 가려면 전날부터 바빴다. 이스트우드에 있는 한인 정육점에서는 통갈비만을 팔았기 때문에 사다가 일일이 살을 펴서 양념에 재워야 했다. 정육점 건너편에 있는 한국 식품점에서 상추와 깻잎 같은 채소는 팔았지만, 고추와 오이는 호주 마트인 울월스에서 가지처럼 뚱뚱한 서양 풋고추와 작고 통통한 피클용 오이를 사다가 미리 손질해 씻어두었다. 한국 식품점에서 갔을 때 가게 주인이 갓김치를 들고 왔다. 푹 익어 톡 쏘는 감칠맛이 일품이라며 싸게 줄 테니 먹어보라고 했다. 고기와 먹으면 맛있을 것 같아서 한 통을 샀다.

공원에 도착해서 짐을 내리는데 밥통이 없었다. 아침에 지은 밥을 주걱으로 한번 저어놓기까지 했는데 어떻게 된 건지 머리에 쥐가 나기 시작했다. 쌈장과 김치 그리고 끓여서 보온병에 담아 온 된장국까지 다 있는데 정작 밥이 없었다. 당연히 차에 실은 줄 알았던 밥솥은 트렁크에도 차 안 어디에도 보이지 않았다. 시부모님은 밥이 없으면 안 되는데 큰일이었다. 둘러보니 마침 불 피우는 것이 서툰 남편 대신 시골에서 자랐다는 최 과장님이 능숙하게 불을 지피고 있었다. 나는 남편에게 아들을 맡기고 울 것이 뻔한 딸아이는 차에 태우고 다시 집을 향해 출발했다. 날아가고 싶은 건 마음뿐 구불구불한 언덕길에서는 좀처럼 속력이 나질 않았다. 왕복 2시간은 되는 거리를 어찌어찌 지름길만 골라 1시간 20분 만에 공원으로 다시 돌아왔다. 내비게이션도 없던 시절에 어떻게 지도를 보면서 그렇게 다녀왔는지 지금 생각해보면 아찔하다. 시부모님은 채소와 쌈장을 곁들여 고기를 드시는 중이었다. 다행히 늦지 않게 밥을 드릴 수 있었다. 최 과장님은 눈을 찡긋하며 가까이 오더니 시간을 벌려고 일부러 천천히 불을 피우고 고기도 조금씩 구웠다고 했다. 땀범벅이 되어 밥솥을 내리는 며느리를 보고 시아버님은 반갑게 받아주셨고, 시어머님은 애썼다며 고마워하셨다. 남편은 평소 밥을 잘 먹지 않는 아들에게 고기를 먹이느라 쫓아 다니고 있었다.

집에서 밥솥을 들고 나오다가 냉장고에 썰어두었던 갓김치 생각이 났다. 평소에 잘 먹지 않던 김치라 챙겨 가지 않았는데 집에 다시 왔으니 잘됐다 싶어 가지고 갔다.

시원한 바다가 내려다보이는 공원에서 잘 삭은 갓김치와 밥을 먹으니 그 무엇보다 맛있었다. 요리라면 일가견이 있으셨던 시어머님은 의외로 갓김치를 담근 적이 없었다. 친정어머니는 갓김치를 종종 만드셨지만 나는 쏘는 매운맛 때문에 잘 먹지 않았다. 시어머님은 친정엄마를 닮아 갓김치 담그는 솜씨가 좋은가 보다고 하셨다. "그럴 리가요!" 나는 식품점에서 사 왔다고 솔직히 말씀드렸다.

당시 호주 이민자 중에는 채소를 재배하는 농장주도 있었고, 김치공장도 시드니에 세 곳이나 있었다. 아이들이 어려 매운 고춧가루를 만지는 것이 부담스러워 찌개용 포기김치는 김치공장에서 사다 먹었다. 어차피 익은 김치보다는 겉절이를 좋아하는 남편을 위해 샐러드처럼 배추김치를 자주 만들었고, 깍두기에 넣는 마늘은 냄새를 줄이려고 우유에 하루를 재웠다가 쓰기도 했다. 지금은 K푸드로, 면역에 좋은 발효식품으로 세계적으로 대접받고 있지만, 그때만 해도 다국적 이민자들로 구성된 호주 사회 일부에서는 젓갈 냄새와 강한 마늘 냄새 때문에 김치를 혐오 식품으로 여기던 사람들도 있었다.

　　　　　　　　　　　　　　　　　　　　　갓김치라고요?

어머님은 그 당시 편찮으셔서 예민하고 입맛이 까다로우셨다. 호주에서도 허기진다고 하시면 새벽에도 일어나 압력밥솥 누룽지 미음을 만들어야 했다. 그런데 갓김치 덕분에 입맛을 되찾아 식사를 잘하신 덕에 새벽이면 만들어야 했던 미음에서도 해방되었다.

귀국하시기 전에 시어머님을 세 곳의 김치공장에 모시고 갔다. 가장 입맛에 맞는 갓김치를 사드리고 싶었다. 시어머님이 선택하신 김치공장에 들어섰을 때, 직원들과 김치를 버무리던 사장님의 등을 고맙다고 쓰다듬었다. 어머님의 고맙다는 말에 고무장갑을 벗으며 우리를 사무실로 안내한 사장님은 시원한 수정과를 내왔다. 여수가 고향이라서 배추, 무김치보다 돌산 갓김치를 주력으로 만든다면서 자신의 이민사를 풀어놓았다.

고향에서는 아침부터 밤늦게 또 주말까지 일해도 살림이 피지 않아 자식들의 교육을 생각해 이민을 왔다고 했다. 농업 비자를 신청해 정착했지만, 남의 나라에 얹혀 영원한 비주류로 살아가야 하는 고충이 크다고 했다. 그럴수록 한국인의 입맛을 지키려는 노력으로 마음을 다잡으며 자신의 정체성을 찾았다는 사장님의 이야기가 인상적이었다. 김치공장 사장님과 같은 분이 우리 주재원이나 유학생 그리고 이민자들의 고국에 대한 향수를 맛있는 김치로 달래주고 있다는 생각이 들었다. 시어머님이 선택하신 갓김치를 통에 가득 담아 여러 겹으로 단단히 포장해서 보내드렸다.

김포공항 세관에서는 그런 진풍경은 처음이라고 했다. 시어머님은 며느리의 마음 씀씀이가 살뜰하다고 오래도록 자랑하셨다. 시어머님이 세관원을 흉내 내며 끝을 과장되게 올리시던 목소리가 내 귀에 아직도 들리는 듯하다. "갓김치라고요?"

두 번째 하늘 네덜란드

2005~2007

카펠교의 백조

　　스위스의 로이스 강물 위로 아름답게 가로 놓인 긴 목조 다리가 카펠교였다. 다리 옆으로 놓인 꽃장식이 유난히 빛났고, 다리 아래로 알프스의 눈이 녹아내린 듯한 에메랄드빛 강물은 그지없이 아름다웠다. 다리 중간에는 주홍색 팔각 지붕을 이고 있는 석탑이 있었는데 등대를 겸한 방위탑이었다. 그곳에서 백조를 만났다. 사랑의 다리라고 불리는 카펠교 아래로 미끄러지듯 우아하게 헤엄쳐 왔다. 관광객들이 던져주는 빵 부스러기 따위를 기대하는 것 같았다. 그 백조들의 모습을 보고 있자니 주재원들과 부인들의 삶이 생각났다.

　유럽의 가전제품 시장은 치열했다. 독일의 기업들이 선점한 시장에 미국 기업들의 제품이 상당히 파고들고 있었다. 게다가 네덜란드는 국민 기업인 필립스사의 제품을 소비자들이 압도적으로 선호했다. 네덜란드 법인의 대표로 발령이 난 남편은 자사의 제품을 홍보하고 판매율을 올리기 위해 밤을 낮 삼아 일했다. 언제나 일에 매진해 남편의 신경은 늘 날카로웠다. 하루는 아침 식탁에서 집안일을 상의하던 남편이 한 가지씩 정확히 확인하며 짚고 넘어가는 모습을 보던 아이들이 아빠, 엄마는 부하 직원이 아니에요라고 놀릴 정도였다. 주재원들의 생활은 늘 팽팽하게 당겨진 활시위 같았다. 열심히 일하는 남편을 내조하는 부인들도 늘 긴장하며 생활했다. 그래서 물 위에서 우아하게 보이는 주재원 부인들의 삶이 물 아래서 발을 무한하게 움직이는 백조 같다는 생각이 들었다. 남편이 네덜란드 법인장으로 발령 나서 근무를 시작했을 때 텔레비전 시장 점유율은 단연코 네덜란드 기업인 필립스사가 1위를 차지하고 있었다. 남편 회사의 제품 점유율은 20퍼센트 미만에 불과했다. 주재원들은 필립스사를 난공불락의 존재로 여겨 그 회사의 제품에 도전하는 것 자체를 무의미하다고 생각하고 있었다.

남편은 퇴근 후 저녁을 먹고 산책하면서도 머릿속을 회사 일로 꽉 채웠다. 유럽 시장에 맞는 디자인으로 법인의 효과적 마케팅 전략을 세우려고 했다. 블라인드 테스트처럼 여러 상품을 섞어놓고 당신 같으면 어떤 제품을 고르겠냐고 다짜고짜 묻기도 했다. 제품을 일일이 설명하면서 물어볼 때도 있었다. 직원들의 팀워크를 최고로 끌어올리려면 어떻게 해야 할지 고민하며 걷다가 집을 지나치기도 했다.

또한 과거 3년간의 주간 단위 시장 점유율을 분석해보니 필립스가 여름휴가 기간에 시장 점유율이 떨어진다는 사실을 발견했다. 그 기간을 활용해 집중적으로 제품 광고를 하고 프로모션을 한 결과 필립스를 제치고 시장 점유율 1위를 달성했다. 필립스를 이기는 것은 불가능하다는 고정관념을 깨자 현지 채용인들이 우리도 할 수 있다는 자신감을 갖게 되었다. 그러한 성공 경험을 바탕으로 제품 리더십을 지속할 수 있는 판매 전략을 직원들과 협의해서 실행했다. 부임 1년 6개월 만에 드디어 100년 역사를 지닌 필립스를 완전히 따돌리는 기적을 만들어 냈다.

　하루는 유럽 허브 공항 중 하나인 네덜란드 스키폴 국제공항의 디스플레이 모니터 앞에 우뚝 서더니 자사 것으로 모두 바꿔야겠다고 했다. 설치되어 있던 필립스사의 디스플레이 모니터를 보면서 나도 우리나라의 제품으로 바꾸면 좋겠다는 기대를 품었다.

　마침 스키폴 공항 모니터 공급 입찰이 시작되자 남편은 그동안 공들여 준비한 제품의 기술력과 유지 관리에 대한 프레젠테이션을 당당히 마쳤다. 3차에 걸친 평가를 거쳐 필립스와 남편 회사의 제품이 최종 심사에 올랐다. 결국 마지막은 가격 경쟁력이었다. 그런데 싼 가격으로 입찰받으면 적자가 난다는 본사의 반대에 부딪혔다.

　남편은 유럽 공항 중 독일의 프랑크푸르트와 프랑스의 드골 공항에 이어 스키폴이 3대 공항 중 하나로 큰 입지를 차지하고 있다고 본사를 설득하기 시작했다. 유럽 관문 중 사람들의 출입이 많은 공항에 회사 브랜드를 노출시키면 홍보 효과가 극대화된다고 강조했다. 런던의 히드로 공항과 뉴욕의 존에프케네디 공항에도 지분을 가지고 있어서 스키폴 공항의 모니터가 성공적으로 도입되면 두 공항에도 공급이 가능해질 거라고 확신했다. 당장 적자가 난다고 좋은 기회를 포기한다는 건 있을 수 없는 일이라고 했다.

　반대하는 임원진들을 움직인 건 총책임자의 밝은 귀와 혜안이 있었

꽃장식이 아름다운 카펠교

기 때문이었다. 네덜란드 실무진들이 극도의 정보전과 통계를 분석해 가져온 금액에서 남편은 1유로를 더 적게 써냈다. 성공적인 결과가 발표되고 난 뒤 필립스사의 금액과 비교해보니 딱 1유로 차이였다. 그렇게 남편은 장담했던 대로 LED 모니터 2천 대 공급 계약을 체결했다. 나는 남편 회사의 모니터 제품이 연간 6천만 명이 넘는 공항 이용자들에게 다양한 정보를 제공하는 것을 보면서 가슴이 뿌듯했다. 스키폴 공항의 모니터 수주는 유럽뿐만이 아니라 그룹 전체에서도 최초로 성공한 사례로 선정되었다.

앞의 두 가지 성공으로 인해 남편은 신문 등 각종 매체와의 인터뷰에서 공격적이고 차별화된 마케팅을 통해 프리미엄 브랜드의 이미지를 높이겠다고 자신 있게 말했다. 시장 점유율 1위 제품을 확대하고, 한 해 매출을 10억 달러까지 신장시키겠다는 포부도 밝혔다. 이미 휴대폰 분야와 디지털 셋톱박스, 양문형 냉장고도 1위를 달성하고 있었다. 우수한 전자제품의 마케팅에 성공한 남편이 국위를 선양하고 있다는 생각에 자랑스러웠다. 그리고 그 이면에는 회사 주재원들과 그 부인들의 백조와 같이 움직이는 내조가 있었기에 가능했다는 생각이 들었다.

다리 옆으로 꽃장식이 유난히 아름다운 카펠교는 유럽에서 지붕이 있는 가장 오래된 다리라고 했다. 살짝 구부러진 대각선으로 강을 가로지르며 루체른의 상징이 된 카펠교 아래로 알프스의 눈이 녹아내린 듯 에메랄드빛 강물이 아름다웠다. 그래서 빅토리아 여왕도 이곳에서 긴 휴가를 보냈다는 것일까? 안이 훤히 비치는 강물 바닥으로 물고기들이 빠르게 헤엄쳐 갔다. 물고기를 본 백조가 더 빠르게 잠수했다.

몽마르트르에서 사라진 것들

　　　　　호텔 방에 들어서자 양파절임 냄새랑 양고기 누린내가 진하게 났다. 유난히 코가 예민한 탓인가 싶어서 같이 방으로 들어선 딸아이에게 괜찮은지 물었다. 딸아이도 이상한 냄새가 난다고 대답했다. 혹시 호텔에서 침대 시트를 교체하는 걸 잊었나 싶어 침구의 냄새를 맡아보기도 했다. 풀을 먹인 듯한 침구는 깔끔했고, 시트 바닥에도 구김살 하나 없는 걸 보면 새것이었다.

　방은 작았고 더블 침대는 높았다. 방의 한 벽면에는 붙박이로 된 테이블이 있었다. 그 위에 여행용 크로스백과 휴대전화기 그리고 디지털 카메라 두 대를 모두 올려놓았다. 번갈아 씻고 눕자마자 곯아떨어진 우리 모녀는 누가 업어가도 모르게 잠을 잤다. 잠자리가 바뀌면 거의 뜬눈으로 밤을 새우기 일쑤였던 나는 그렇게 깊이 잠을 잔 것이 이상했다. 아침이 되어 나는 콧노래를 흥얼거리며 샤워실로 들어갔다. 그러고 보니 잠들 때까지도 나던 역한 냄새가 더 이상 나지 않았다.

　"어머, 문이 열렸네요. 들어가도 될까요?"

샤워 중이던 나는 깜짝 놀라 잠깐만요! 소리부터 질렀다. 딸아이를 불렀으나 대답이 없었다. 감던 머리를 타월로 감싸고 물기를 닦을 새도 없이 목욕가운을 걸치고 나왔다. 살짝 열린 방 문 사이로 아들 친구 엄마의 맑은 얼굴이 보였다. 산책을 다녀오던 길인데 방 문이 열려 있어 아침 인사를 하려던 참이라고 했다.

딸아이는 잠에 취해 아직 이불 속에 들어 있었다. 일어나서 바로 씻으러 샤워실에 들어갔던 터라 문이 열려 있다는 말에 어안이 벙벙했다. 경황이 없는 나를 보자 당황한 방문객은 무안했던지 좀 이따 보자며 물러났다. 나는 다시 샤워실로 돌아가 하던 샤워를 마저 했다. 몸을 닦고 가운을 걸치고 나와 탁자 위에 두었던 화장수를 바르려는데, 탁자 위에 아무것도 없었다! 멍해져서 한동안 내 눈을 의심하는 시간이 지나자 정신이 번쩍 들었다. 딸아이를 흔들어 깨웠다.

잠에 취한 눈을 비비면서 일어난 딸아이는 자기 전에 분명히 문을 잠그고 이중으로 걸쇠까지 채웠다고 했다. 문이 열려 있었다고 말하자, 마치 불에 데기라도 한 듯 침대에서 뛰어내렸다. 손가락으로 내가 탁자 위를 가리키자 제 물건과 내 물건이 있어야 할 자리에 아무것도 없는 것을 보고 펄쩍 뛰었다. 인정하기 싫었지만, 도둑을 맞은 것이 분명했다.

내선으로 전화를 걸어 호텔 당직을 불렀다. 상황을 설명하고 복도의 CCTV를 확인할 수 있겠냐고 했더니 호텔은 개인 프라이버시 공간이라 CCTV를 설치하지 않는다고 했다. 프랑스 파리의 북쪽 몽마르트르 언덕 아래에 있는 작은 호텔이었다. 더 이상 말해보아야 소용이 없을

몽마르트르에서 사라진 것들

것 같았다. 휴대폰 두 개, 디지털 카메라 두 대, 여권과 여행 경비가 들어 있는 가방을 잃어버렸으니 일단 경찰서로 갔다.

"잃어버린 돈이나 값나가는 물건들은 어차피 도둑맞았으니 찾기 힘들다는 거 알아요. 그렇지만 제 수첩은 찾고 싶어요. 꼭, 꼭 찾아주세요!"

파리의 그 유명한 몽마르트르의 경찰서에서 양지사에서 만든 가죽 표지의 작은 수첩만이라도 찾아달라고 프랑스 경찰들에게 사정하며 매달렸다. 수첩에는 연락처와 일정 그리고 메모들이 빼곡히 적혀 있어 중요한 것이었다. 다른 것은 몰라도 수첩만큼은 꼭 찾고 싶었다. 그들에게는 사실 필요 없는 것이니 돌아오지 않을까 기대도 했다.

아들의 중학교 동창 중 예술고등학교에 간 친구가 프랑스 미술관 투어를 온다고 해서 우리도 합류한 여행이었다. 아들은 한국에서 온 친구를 만나고 우리 모녀는 그 여행에 편승할 수 있어 좋았다. 우리는 전날 아침 일찍 암스테르담에서 기차를 타고 파리역에서 내렸다. 저녁에 몽마르트르의 호텔에서 일행과 만나기로 했으므로 우리는 센강의 유람선 바토 무슈를 타고 파리를 유람했다. 에펠탑에서 내려다본 파리는 지붕 위의 굴뚝이 가장 인상적이었다. 푸른색이거나 감색 혹은 회색빛 지붕들이 끝없이 펼쳐져 있었고, 그 위로 가늘고 낮은 굴뚝들이 삐죽 삐죽 빼곡히 솟아 있었다. 셀 수 없이 많은 저 굴뚝 하나하나에 파리 사람들의 삶이 연기로 피어오르는 것 같았다.

여행 안내 가이드는 나를 경찰서에 내려주고 그날 일정을 위해 사람들을 데리고 루브르로 갔다. 호텔을 출발하며 파리 한국대사관에 연락했더니 서기관 한 명이 경찰서로 와주었다. 그 사람의 도움으로 경위서를 쓰면서 전후 사정을 듣던 경찰은 우리가 호텔에 체크인을 하고 나가서 저녁을 먹고 들어온 사이 침대 아래에 도둑이 잠복하고 있었던 건 아닌지 합리적 의심을 했다.

안에서 걸쇠까지 잠근 문을 밖에서 열고 들어올 수는 없었다. 종종 먼저 들어가 있다가 수면 마취제를 뿌려 투숙객을 깊이 잠들게 하고 물건을 훔쳐 달아난 경우가 있다고 했다. 침대가 유난히 높았고 침대의 프릴 장식이 바닥까지 닿아 있었다는 생각이 났다. 결국 처음 방에 들어섰을 때 났던 냄새가 침대 아래 웅크리고 있던 도둑의 체취였던 것인가. 우리가 그렇게 깊이 잠들었던 이유도 도둑이 뿌린 마취제 때문이란 말인가.

결국 두 시간을 별 소득도 없이 경찰서에서 보내고 루브르에서 딸아이를 데리고 한국대사관에서 임시 여권을 발급받았다. 여행을 계속할 수는 있었지만, 수첩은 영영 찾지 못했다. 나는 많은 사람과 한동안 연락이 끊겼고, 전화번호를 몰라 몹시 오랫동안 불편을 감수해야 했다.

그 일로 사람과 사람 사이는 아무리 노력해도 끊길 사람은 끊기고, 연결될 사람은 연결된다는 진리를 깨달았다. 그리고 어디에서 무슨 일이 일어나든 어떻게 받아들이고 수습하느냐가 중요하다는 걸 깨우칠 수 있었다. 불평 한마디 없이 여행을 계속한 딸아이와 아들 그리고 아

몽마르트르에서 사라진 것들

들 친구가 대견했다. 친절히 안내해준 가이드와 여행할 수 있도록 경비를 빌려주고 마음을 살뜰히 써준 아들 친구의 엄마가 정말 고마웠던, 값진 경험의 여행이었다.

프롬 파티

하아……. 아들이 한숨을 들이쉬고 내쉬고 있었다. 주방에서 저녁을 준비하다 돌아보니 종이 한 장을 들고 거실에서 왔다 갔다 전전긍긍이었다. 곧 제 머리칼까지 쥐어뜯을 태세였다. 무슨 일이냐고 물어도 쉽게 대답하지 않았다. 말하기 싫은가 보다 싶어 돌아서서 부치던 호박전을 뒤집었다. 네덜란드에는 애호박이 없었다. 아쉽지만 초록색이 진한 서양 주키니 호박으로 부치고 있었다. 아들은 전 부치는 고소한 냄새에 이끌려 슬금슬금 다가오더니 막 부친 전을 나무젓가락으로 한 입 먹으려다 손등에 떨어뜨렸다. 그 바람에 종이까지 떨구고 싱크대로 달려갔다. 쯧쯧 혀를 차며 찬물을 틀어주고 종이를 집어 들었다.

Prom Date Candidates라고 쓴 제목 아래 여덟 개의 이름이 죽 쓰여 있었다. 이 이름들이 뭐냐고 묻자, 아들의 표정이 모호했다. 프롬 파티 (Prom Party)에 가려면 남학생이 여학생에게 같이 가자고 해야 하는데, 인기 있는 여학생과 남학생이 누구를 선택할지가 요즘 친구들의 관심

사라는 것이다.

프롬? 처음 들어보는 생소한 말이었다. 아들은 싱긋 웃더니 학교에서 6월 졸업식을 앞둔 시니어(senior)들을 축하해주는 파티인데 한 달 전인 5월에 열린다고 했다. 아메리칸 스쿨에 다니는 아들과 딸은 고등학교 3학년과 중학교 3학년이었다. 그런데 미국 학교는 초등학교부터 고등학교까지 12년의 과정은 우리와 같으나, 초등과 중등 과정은 8년이고, 고등 과정은 4년이었다. 우리나라에서라면 중3인 딸이 이곳에서는 9학년생이고 프레시맨이었다. 어느 나라에 가든 그곳의 새로운 시스템에 적응하려면 생각보다 시간이 걸렸다.

고등학교 졸업을 앞두고 성인이 되어 나가는 첫걸음을 학교와 가족들이 함께 준비해서 축하하는 의미의 파티라니 부럽기도 했다. 미국에서는 일생에 한 번 있는 성인식을 치르는 파티라 정말 중요하다는데, 나는 어떻게 도와줘야 할지 몰랐다. 행사의 목적에 따라 옷을 잘 갖춰 입는 것이 서양 사회에서는 중요한 예의라고 했다. 프롬 파티에서 남학생은 턱시도에 나비넥타이를, 여학생은 얼굴 화장을 하고 드레스를 입는다고 했다. 딸아이가 나중에 이탈리아에서 졸업 파티를 할 때는 제법 세련되게 도와줄 수 있었다.

내가 고등학교를 졸업할 때의 일이 생각났다. 학력고사를 마치고 남은 수업 일수를 채울 때, 특별 수업으로 화장하는 법을 배웠다. 서투른 솜씨로 뽀얗게 분을 바른 얼굴에 눈썹을 그리고 입술을 바르며 거울에 비친 서로의 모습이 너무 낯설어 친구들과 깔깔대던 기억이 떠올랐다.

화장 하나로 갑자기 성숙해진 얼굴은 지금 생각해도 어설펐지만 모두가 반짝반짝 빛나던 시절이었다.

아들에게 그 이름들은 뭐냐고 다시 묻자 우물쭈물 망설였다. 표정을 보니 나쁜 일은 아닌 것 같았다. 외국에 살면서 미국인 학교를 보내다 보면 문화적인 차이로 당황스러운 일이 많았다. 무슨 일이 생기든 먼저 긴장부터 되는 건 어쩔 수 없었다. 이런 파티 문화도 그중 하나였다. 프롬 파티는 날짜가 정해지면 가장 먼저 남학생이 파티에 같이 갈 상대 여학생에게 데이트를 신청했다. 그런데 카렌이란 여학생이 방과후 아들에게 데이트를 신청하자 옆에 있던 여학생이 남학생 데이트 신청자 이름이 여덟 개나 적힌 그 쪽지를 카렌의 손에서 빼앗아 장난스럽게 아들에게 건네주며 이들 모두를 따돌린 네가 승리자라고 외쳤다는 것이다. 카렌이 미국 유명 의류업체 전속 모델인 동시에 아들의 절친인 프레드의 여자 친구라는 건 나도 알고 있었다. "왜 프레드랑 가지 않고?" 나도 떨떠름한 기분이 되어 고민 깊은 아들에게 오히려 되물었다.

프롬의 상대가 결정되면 남학생은 여학생에게 생화로 만든 손목 코사지를 선물하고, 여학생은 남학생에게 상의 주머니에 꽂을 생화로 만든 부토니에르를 선물했다. 파티에 가는 날은 보통 남학생이 차를 가지고 가서 여학생의 부모님에게 인사하고 에스코트해 갔다. 아들은 아직 운전면허가 없으니 친구들과 리무진을 빌려 같이 가기로 했다. 여학생에게 선물할 손목 코사지는 엄마가 직접 만들어주면 좋겠다고 아들이 말했다. 평소에 꽃을 가까이하는 엄마니까 그쯤은 뚝딱 만들어낼 수 있다고 생각한 듯했다. 나는 꽃집으로 달려갔다. 알고 보니 어버이

날 가슴에 달아주던 카네이션처럼 작은 꽃장식이 부토니에르, 비슷한 크기의 꽃장식에 리본을 달아 손목에 맬 수 있게 한 것이 여학생에게 선물하는 코사지였다.

아들이 입을 턱시도와 나비넥타이는 빌렸는데, 함께 갈 여학생이 정해지지 않았으니 꽃장식은 예약만 해두었다. 파티 장소는 대부분 학교 체육관이나 강당에서 하는데, 아들이 다니는 학교는 그런 규모의 시설이 없어서 스헤베닝겐 바닷가에 있는 그랜드 호텔 암라스 쿠르하우스 연회장을 빌려서 했다. 매년 12월 31일이면 그곳의 바닷가에서 세계적인 불꽃놀이 축제를 했기 때문에 본 적이 있는 고풍스러운 호텔이었다.

아들이 어떤 대답을 할지가 우리 가족과 친구들의 초미의 관심사였다. 그런데 며칠 후 엉뚱하게도 다른 학교에 다니는 에밀리와 가기로 했다는 결정에 모두가 놀랐다. 카렌에게는 뭐라고 하고? 아들은 생각을 거듭한 끝에 절친인 프레드와의 우정도, 다른 남학생들의 자존심도 지켜주고 싶었다. 카렌의 청을 받아들이는 건 모두에게 좋은 선택이 아니란 생각이 들었다는 것이다. 친구들의 입장을 헤아리고 있는 아들이 인생의 봄을 잘 맞이하고 있는 것 같았다. 후배나 다른 학교의 학생을 데려가도 되는 일이라 마침 영국인 학교에 다니는 에밀리에게 가자고 했다는 것이다. 에밀리는 모의 유엔 활동과 수학 경시대회 등에서 두각을 나타내는 아들에게 호감이 있었던 친구였다. 아들은 카렌에게는 여덟 명의 후보자 중에 자신을 택해준 호의는 고마우나 다른 모든 친구들과의 우정을 지키려고 한 결정이니 이해해달라고 말했다.

하얀 핀턱 와이셔츠에 나비넥타이를 매고 까만 턱시도를 입은 아들은 제법 신사 티가 났다. 아들이 내미는 손에 고운 빛깔의 장미와 앙증맞은 꽃들로 장식한 코사지가 들려 나왔다. 이어서 에밀리가 날아갈 듯 가볍게 리무진에서 내렸다. 주홍빛 드레스가 눈부셨다. 사람들의 입에서 탄식이 흘렀다. 순간 뭉클한 마음이 들었다. 이런 날도 행사를 보지 못하고 늦게까지 회사에서 일하고 있는 남편이 떠올랐다. 아들의 성장한 모습을 함께 볼 수 없음이 못내 안타까웠다. 한국 가정에서 자라고 네덜란드에 살면서 미국인 학교에 다니느라 삼중의 문화적 충돌 속에서도 자신만의 독특한 방식으로 삶을 슬기롭게 구성하며 새로운 경로를 탐색해가는 아들의 모습이 몹시 고맙고 대견했다.

아버지의 샹젤리제

어디를 저렇게 급히 가냐며 새엄마는 숨이 차서 내 팔을 잡으셨다. 아버지의 모습이 보이지 않았다. 발도 보이지 않으니 혹시 날아가버리신 걸까. 우리는 숨을 몰아쉬며 사람들 사이를 헤집고 나아갔지만, 아버지는 어디에도 없었다. 난감한 마음에 휴대전화를 걸었지만, 응답이 없었다. 새엄마가 거의 울상이 되어 주저앉기 일보 직전에 상기된 얼굴의 아버지가 사람들 틈에서 불쑥 나타났다. 샹젤리제의 거리 끝에 개선문이 보이자 뒤도 안 돌아보고 한달음에 뛰다시피 서둘러 갔던 것이다. 개선문을 보았노라고 눈가가 촉촉해질 정도로 감격에 차서 외치셨다. 아버지의 목소리는 평소와 달리 격앙되어 있었다.

샹젤리제의 거리 중간에 있는 아파트를 숙소로 빌렸다. 숙소에 들어가서도 아버지는 쉽게 흥분을 가라앉히질 못하셨다. 발을 땅에 내딛지 못하시는 것처럼 붕 떠 보였다. 나는 그런 아버지가 낯설기만 했다. 낭만파 아버지는 언제나 시를 쓰셨다. 늘 메모지를 가지고 다니면서 무언가를 끊임없이 적어 넣었다. 나중에 시집 한 권을 내셨는데 그동안의 메모에 있던 아버지의 삶이 오롯이 담겨 있었다. 아버지는 숙소에 들어 그날도 무언가 적고 계셨다.

아버지는 엄격하게 다섯 남매를 훈육하셨다. 여자는 조용해야 하고 항상 눈을 내리깔고 다소곳해야 한다고 하셨다. 어린 나는 도무지 사뿐사뿐 걷기가 쉽지 않았다. 왜 눈을 똑바로 마주 보면 안 되느냐고 맹랑하게 따져 묻기도 했다. 얌전하기는 고사하고 말괄량이에다 고집이 센 딸이었다.

초등학교에 들어가면서 아버지가 나만 미워한다는 생각에 기가 죽어 지냈다. 따듯하고 자상한 아버지를 가진 친구를 보면 부럽고 샘나서 아버지가 더 미웠다. 엄마는 아버지가 아이들을 사랑해서 초등학교 선생님이 되었다고 하셨다. 나를 심하게 구박하는데 다른 아이들만 사랑하냐고 엄마에게 거세게 따져 묻기도 했다. 아버지와 단둘이 있으면 너무 어색했다. 큰언니도 마찬가지라고 했다. 오빠와 작은언니 그리고 여섯 살 터울로 태어난 남동생은 귀애하셨다.

아버지에게 첫아들은 당연히 보배로웠을 것이다. 둘째로 큰언니가 태어나고 셋째로 작은언니가 태어나자 다음은 당연히 아들이 태어나리라 기대하셨다. 게다가 엄마가 넷째인 나를 잉태하셨을 때 아버지가 꾼 태몽이 압권이었다. 커다란 백호가 아버지에게 덥석 안겨 오는 꿈을 연거푸 세 번이나 꾼 아버지는 이번엔 틀림없이 나라를 구할 아들이 태어날 것이라고 믿어 의심치 않았다. 임신한 엄마에게 지극정성을 다했고, 귀한 영양제까지 사다 주셨다. 살아생전 엄마는 그때가 아버지와의

결혼 생활에서 가장 행복했다고 하셨다. 그렇게 기대했던 백호의 용맹을 지닌 아들은커녕 뱃속에서 먹은 영양제 덕분에 크고 새까만 딸내미가 나오자 아버지는 돌아앉으셨다. 나는 태어나는 순간부터 딸이라는 이유로 미운 오리 새끼가 되었다. 그러니 사사건건 아버지의 눈에 곱게 보일 리도 없었다. 나 또한 억울한 마음에 엇나가기 일쑤였다.

그러던 아버지가 결혼을 하루 앞둔 셋째 딸에게 처음 눈물을 보이셨다. 떨리는 목소리로 잘 살라고 당부하셨는데, 나도 모르게 눈물이 났다. 그러다 결국 "너를 어디다 시집 보내나 걱정했는데 동네에서 널 며느리로 데려가는 분이 계시니 시부모님께 잘해야 한다"고 일갈하셨다. 나오던 눈물이 도로 쏙 들어가고 말았다. 시집살이가 고될수록 이상한 오기가 생겼는데, 아버지가 나를 딸로서 자랑스러워하는 걸 보고야 말겠다는 각오로 시어머님을 모셨다.

아버지와 새엄마를 남편이 주재하던 네덜란드 집에 초대했다. 한 달 동안을 체류하셨기에 가장 가보고 싶은 장소부터 모시겠다고 했다. 아버지는 기다렸다는 듯이 "파리!"를 외치셨다. 파리에 도착하면 샹젤리제부터 가자고 하셨다. 무엇이 아버지를 그토록 설레게 했을까? 아버지는 숙소에 머무는 동안 개선문과 콩코드 광장까지의 거리를 아침마다 산책하셨다. 그때마다 콧노래를 흥얼거렸는데 놀랍게도 〈오 샹젤리제〉였다. 한글 안내문에 샹젤리제가 '천국의 들판'이란 뜻이더라고 하는 목소리마저 달떠 있었다.

플라타너스와 마로니에 가로수를 따라 천천히 걸어 콩코드 광장에

아버지의 샹젤리제

이르렀을 때 오벨리스크가 먼저 눈에 띄었다. 그 뒤로 보이는 에펠탑을 아버지는 넋을 잃고 바라보셨다. 나는 좋아서 어쩔 줄 몰라 하는 아버지의 모습이 어린아이 같아 신기했다. 노천카페에서 커피를 마시며 새엄마에게 프랑스 대혁명 당시 마리 앙투아네트가 처형당한 단두대가 콩코드 광장에 있다고 자세히 설명하셨다. 새엄마는 고개를 끄덕거리면서 개선문을 보고 왜 그렇게 달려가셨는지 물으셨다. 나도 궁금해 아버지를 바라보았다. 나폴레옹의 승전 기념문을 실제로 어서 보고 싶었다고 하셨다. 과거를 품고 미래를 향해 나아가는 프랑스를 상징하는 역사의 현장에 서니 가슴이 벅찼다고 하셨다.

저녁에 레스토랑에서 식용 달팽이 요리 에스카르고를 맛있게 드시며, 와인을 새엄마께 권하시는 아버지의 얼굴이 더없이 만족해 보였다. 레스토랑 가득한 음식 냄새와 와인의 향기에 취한 아버지는 마침내 고백하셨다. "네가 없었으면 어쩔 뻔했냐. 얘야 고맙구나!" 아버지의 그 말씀은 그동안 모든 힘든 순간을 아버지가 나를 억압한 탓으로 여기며 살아왔던 내 사고의 틀을 흔들었다. 아버지가 나의 자유를 속박한 것이 아니라 자식을 보호하고 사랑하는 방식이 엄격했을 뿐이었다는 걸 깨달았다. 주인의식을 가지고 삶의 모든 순간을 긍정적으로 받아들여야 나의 존재 가치를 스스로 발견할 수 있고 사랑할 수 있다는 것을 인식한 순간이었다.

저녁을 마치고 천천히 파리의 밤하늘을 보며 걸었다. 거리의 가로수에는 찬란한 조명이 화려하게 반짝였고, 아버지의 눈동자에는 개선문의 에투알 별빛이 반짝이고 있었다. 나는 아버지랑 함께 걷는 것이 조금씩 행복해졌다.

　어디선가 한국 사람들의 당황한 목소리가 들렸다. 거리에 늘어선 낭만적인 와인바에서 일어섰다 앉았다 하며 말이 통하지 않아 쩔쩔매는 한국 관광객 몇 사람이 보였다. 나이가 지긋한 프랑스의 베테랑 웨이터는 말없이 기다리고 있었다. 해외에서 동포를 만나면 무조건 한 편이 되는 법. 알량한 불어 실력이나마 그들이 원하는 포도주와 안주를 대신 주문해주었다 "이 애가 바로 제 딸입니다!" 한 손으로 내 어깨를 잡고 다른 한 손으로 당신 가슴을 두드리며 아버지가 자랑스러운 듯 말씀하셨다.

신발을 벗으라고요?

음식물 분쇄기가 고장 났다. 치크럭거리던 소리 끝에 급기야 철크럭 걸리는 쇳소리가 나더니 아무리 단추를 눌러도 꿈쩍하지 않았다. 당장 해야 할 설거지가 산더미라 한숨부터 나왔다. 그릇을 주섬주섬 큰 양푼에 담아 샤워실로 옮겨 씻었다. 갈다 만 음식물은 체로 걸러 떠내고 분쇄기 안을 휘저어보니 젓가락이 콱 박혔는지 뽑히지 않았다.

음식 냄새가 진동하는 구정물을 퍼다가 변기에 버렸다. 수돗물을 틀어 싱크대를 닦아 헹구고 물을 다시 퍼다 버리느라 땀에 젖은 머리카락이 이마로 흘러내려 뺨에까지 달라붙었다. 고무장갑도 끼지 않고 급하게 처리해 손등에는 기름띠가 얼룩져 있었다. 화장실로 가 비누에 손을 씻으며 거울에 비친 모습을 보니 처량맞기 짝이 없었다. 물 묻은 손으로 얼굴에 붙은 머리카락을 떼내면서 칠칠치 못한 자신에게 화가 치밀었다. 분쇄기를 고치려면 시간은 또 얼마나 걸릴 것이며 인건비가 비싼 네덜란드에서 비용은 얼마나 나올지 걱정이 앞섰다.

10년 전 호주에서 처음 음식물 분쇄기를 접했다. 싱크대 아래 연결된 큰 통으로 음식물 쓰레기를 넣고 고무마개를 덮어 수돗물을 틀면서 연결된 단추를 누르면 믹서처럼 칼날이 갈아서 하수도로 흘려보내는 장치였다. 신문물을 접하자 깎지 않아도 될 사과의 껍질을 일부러 갈아보며 신기해했다. 나는 분쇄기를 돌릴 때마다 내 마음속 묵은 찌꺼기마저 싹 갈아버린 듯 후련하기도 했다.

그러나 편리함 뒤에는 늘 세심한 주의가 따랐다. 분쇄기라고 해서 뭐든 갈 수 있는 건 아니어서 칼날에 끼거나 튀는 것이 많았다. 생선 뼈나 달걀 껍데기가 가장 곤란했고, 배추나 채소잎을 많이 욱여넣었다가는 갈리고 남은 섬유질만 실타래처럼 돌돌 감겨 고장이 나기도 했다. 작은 포크나 젓가락은 튀어나오기도 했지만, 휘거나 끼어서 박히기도 했다. 사람이 귀했던 호주에서 고장 난 물건을 고치려면 2주에서 한 달은 기다려야 해서 불편했다.

하루는 남편이 전화해서 회사 출장자들이 저녁을 집에서 먹어야 한다고 했다. 그날 분쇄기가 고장 난 것을 모르고 한 초대였다. 늘 바쁜 남편은 내가 대답하기도 전에 일방적으로 전화를 끊었다. 전화를 다시 했지만 이미 공항에 마중을 갔는지 받지 않았다. 1990년대 후반이라 휴대폰이 없던 때였다.

난감했다. 절박한 상황에, 집에 있던 공구로 일단 분쇄기를 분해했다. 부품을 하나씩 뽑아내 순서대로 늘어놓고 끼여 있던 포크를 빼냈다. 다시 역순으로 조립하는 데 꼬박 40분이 걸렸다. 물을 틀고 떨리는 마음으로 단추를 누르자 덜커덕 소리만 나고 아예 멈췄다. 기어이 고장을 내고 말았구나, 가슴이 내려앉았다. 그렇지만 넋을 놓고 있을 수는 없었다. 급한 마음에 이웃 호주 할아버지에게 뛰어가 도움을 구했다. 할아버지는 나사가 헐겁다면서 단단히 조여주셨다. 물을 틀고 단추를 누르자 작동되었다. 감사의 표시로 할아버지가 좋아하는 콜라 한 병을 내드리자, 씩 웃으며 언제든 또 불러달라고 하셨다.

서둘러 8인분의 낙지덮밥을 만들었다. 아나베이에서 직접 캐다가 신선할 때 얼려놓은 조개를 듬뿍 넣은 조개탕도 끓였다. 동남아 총괄에 속해 있던 호주가 마지막 출장지여서 매콤한 덮밥으로 속을 후련하게 할 메뉴를 선정한 것이었다. 냉동실에 덮밥을 할 수 있는 낙지를 미리 분량을 달리해 미리 준비해놓았기에 출장자들이 들이닥치기 전에 음식을 내놓을 수 있었다. 손님으로 같이 온 법인장은 조개탕이 맛있다며 세 그릇을 뚝딱 비웠다. 손님들이 돌아가고 쌓인 설거지를 하면서 시원하게 갈리는 분쇄기에 비로소 긴장을 풀고 안도의 한숨을 내쉴 수 있었다.

남편의 회사 주재원 부인 모임에서 분쇄기 고친 이야기를 했더니, 순식간에 소문이 퍼졌다. 비용도 부담이었지만 기다림에 지친 사람들의 요청에 나는 한동안 이 집, 저 집 불려가 분쇄기를 고쳐주기도 했다.

그때의 기억을 되살려 손을 걷어붙이고 싱크대 아래를 살펴보니 호주에서 쓰던 분쇄기와는 전혀 다른 것이었다. 어떻게 손대야 할지 엄두조차 나질 않았고 변변한 공구도 없었다. 인내심을 가지고 기다리는 수밖에 없었지만, 나는 그때 사람의 습관이 정말 무섭다는 걸 알게 되었다. 식재료를 손질할 때마다 습관적으로 분쇄기를 돌렸다. 돌아가지 않으면 싱크대 물이 빠지지 않는데, 무심코 식재료를 씻었다가 싱크대에 찰랑이는 물을 매번 퍼내야 했다.

고장 난 지 열흘째 되는 날, 남편이 출근하고 아이들도 학교에 가고 혼자 남았다. 띵 똥! 초인종이 울렸다. 나는 버선발로 달려 나가 활짝 웃으며 현관을 열었다. 첫사랑이 찾아왔어도 그보다 반갑지는 않았을 것 같다. 커다랗고 무거운 공구 상자를 들고 고흐의 그림 〈구두 한 켤레〉에나 나올 법한 신발을 신은 수리공이 키 큰 갈참나무 같은 모습으로 서 있었다. 들어오라고 말하자, 현관 앞에 놓인 매트에 신발 바닥을 쓱쓱 닦더니 그대로 성큼 걸어 들어왔다.

"잠깐만요, 신발은 벗어야죠."

수리공은 그 자리에 우뚝 서더니 나를 뚫어지게 바라보았다. 왜 저러지? 못 알아들었나 싶어 손으로 신발을 가리키며 벗으라고 다시 한 번 말했다. 그 사람은 한 발도 더는 움직이지 못하고 얼굴이 시뻘겋게 상기되어 그 자리에 서 있었다. 나는 수리공에게 말을 못 알아들었냐고 물었다. 알아는 들었다고 재빨리 대답했다. 그런데 왜? 의아하기는 나도 마찬가지였다. 신발을 벗으라는 말에 화가 났나 싶어서 천천히 또박또박 그리고 친절하게 설명했다. 우리 한국 사람은 실내에서 신발을 벗고 생활한다고. 흙이 묻은 신발은 현관에 벗어두고 실내화를 신으라고 내주었다. 고개를 끄덕이며 모호한 표정으로 수리공은 끈을 하나씩 천천히 풀어 신발을 벗더니 실내화는 신지 않겠다고 했다. 기분이 묘했지만, 부엌으로 안내했다. 무릎을 꿇고 싱크대 아래를 살피던 수리공은 한 시간 정도 걸릴 거라고 했다. 필요하면 부를 테니 자신에게 맡기고 하던 일 하라고 했다. 내심 분해 과정이 궁금했지만 일을 방해하지 않으려고 부엌에서 거실로 나갔다.

한참 뒤, 분쇄기 돌아가는 소리가 났다. 괴롭히던 날들을 보상이라도 하듯 힘차게 돌아갔다. 수리공을 돌려보내고 나는 남편의 회사 총무과 직원에게 전화를 걸었다. 아무래도 석연치 않아 조금 전 상황이 어떻게 된 일인지 물었다. 그녀는 갑자기 캑캑거리며 기침을 하고 한참을 으음…… 말을 고르더니 어렵사리 문화의 차이를 설명해주었다. 얼마나 얼굴이 화끈거리고 창피했던지 나는 그길로 당장 마트에 가 덧신을 샀다.

네덜란드에서는 가족끼리 있을 때는 대부분 신발을 벗고 생활하지만, 손님은 신발을 신고 들어가는 것이 예의였다. 여성이 혼자 있는 집에서 방문한 남성에게 신발을 벗으라고 하면, 여성에게 다른 생각이 있는 것으로 그 남성이 오해할 수 있다는 것이었다. 그러니 다음부터는 신발을 벗으라는 대신 덧신을 준비했다가 내주면 그런 오해를 피할 수 있을 거라고 말해주었다.

현관에 준비해둔 덧신을 볼 때마다 나라마다 다른 문화를 절감하며 나는 혼자 민망해지곤 했다.

툴프가 아름다운 쾨켄호프

거대한 날개가 바람에 서서히 돌아가고 있는 고풍스러운 풍차의 전망대에 오르자 탁 트인 풍경에 가슴이 뻥 뚫렸다. 대지라는 스케치북에 색색의 크레용을 옆으로 눕혀 굵고 긴 선을 그어놓은 듯한 꽃밭이 끝도 없이 이어져 지평선까지 닿았다. 빨강, 노랑, 분홍, 보라, 그리고 아직 봉오리가 피지 않아 초록색인 튤립이 흰 히아신스와 어울려 색의 향연을 벌이고 있었다. 크로커스와 수선화 꽃밭은 벌써 알뿌리를 캐고 갈아엎어 날것으로 드러난 까만 흙빛이 신성하게 다가왔다.

4월 중순이어서 주재원 부인들과 쾨켄호프(Keukenhof)로 소풍을 갔다. 내가 무척 좋아하는 쾨켄호프는 네덜란드어 부엌(Keuken)과 정원(Hof)의 복합어로 된 이름을 가진 어마어마하게 큰 정원이다. 세계 최대의 꽃 축제를 열어 유명해진 곳인데, 15세기 무렵에는 모래언덕에 잡풀이 우거진 꿩 사냥터였다. 한때는 귀족들의 별장지로 개발되어 성을 지었다. 성에 딸린 채마밭으로 쓰였던 곳이라 부엌 정원이라 불린

다. 20세기부터 리세(Lisse)시와 원예 종사자들이 정원으로 개발하기 시작해 오늘날에는 세계적인 튤립 정원으로 명성을 떨치고 있다.

네덜란드에 살면서 가장 행복했던 시간을 꼽으라면 단연코 튤립 축제가 열리는 3월 마지막 주부터 5월 중순까지였다. 튤립이 봉긋하게 꽃망울을 부풀리는 4월이 되면 내 가슴도 덩달아 부풀어 올랐다.

정원의 입구부터 촘촘히 잘 가꾸어진 푸른 잔디와 너도밤나무 사이로 색색의 튤립이 너무도 찬란하게 다가왔다. 평생 볼 수 있는 튤립을 하루 만에 다 보는 듯한 황홀함에 복잡하던 마음이 서서히 풀렸다. 주재원 부인들은 늘 행동을 조심하고 말도 삼가며 생활했지만, 사람 사는 일이라 오해와 갈등 또한 끊이지 않았다. 특히 아이들 일로 민감하게 반응하는 부인들을 아우르는 위치에 있게 된 나는 매일매일 살얼음을 밟았다. 그럴 때마다 꽃은 나에게 다가와 살랑거리며 위로의 향기를 선사해주었다.

놀랍게도 중앙아시아 파미르고원의 튀르키예가 튤립의 원산지였다. 튀르키예를 지배하게 된 오스만제국은 왕관 모양의 꽃 튤립을 국화로 정하고 '랄레'라고 불렀다. 이후 16세기 중반 에스파냐로부터 독립한 네덜란드를 축하하며 오스만제국에서 그 꽃을 선물로 보냈다. 신기한 랄레를 처음 본 네덜란드 사람들은 그 꽃의 모양이 오스만 사람 머리에 쓴 터번같이 생겼다고 해서 네덜란드어로 '툴프'라고 불렀다.

네덜란드에서 최초로 툴프 재배에 성공한 사람은 레이던대학의 식물학자였다. 이어서 원예 전문가들이 아름답고 특이한 모양의 꽃을 생산하기 시작했다. 돈 많은 식물 애호가들이 도도한 자태의 꽃에 매료되어 비싼 가격으로 알뿌리를 사들여 화분에 심은 후 창문을 장식하자 귀족들이 질세라 너도나도 장식을 따라서 했다.

네덜란드에 살면서 연중 비가 내리는 우울한 날씨를 그나마 견딜 수 있었던 것은 창가를 장식한 꽃들을 구경하며 걸은 덕분이었다. 걸으면서 보면 네덜란드는 호화 주택일수록 정원 가꾸기에 열과 성을 다하는 것 같았다. 기분을 화사하게 해주는 화분 장식의 역사가 몇 세기 전부터 이어온 것인 줄 몰랐다.

튤프의 수요가 급증하자 온 나라를 뒤흔드는 사태가 발생했다. 귀한 종자에 투자해 일확천금을 버는 사람들이 나오기 시작한 것이다. 튤립은 특성상 단기간에 많은 양을 늘리기 어려운 꽃이었다. 처음에는 귀족과 상인들이 알뿌리에 투자를 시작했고, 이어 농민들까지 투자하면서 시장 규모가 걷잡을 수 없이 커져갔다. 특히 돌연변이를 일으켜 독특한 색이나 무늬가 생긴 종자는 귀해서 품귀 현상이 벌어지기도 했다. 수요보다 공급이 턱없이 달리자 급기야 동네 술집에서까지 암묵적으로 거래되면서 주식이 폭등했다.

영원한 황제라는 뜻을 가진 셈페르 아우구스투스(Semper Augustus) 종 튤프 알뿌리가 당시 가장 비싸게 팔렸다. 하얀 바탕에 불꽃이 타오르는 듯한 붉은 무늬의 뾰족한 꽃잎들이 강렬하게 눈길을 잡아끌며 피어나는 꽃이었다.

네덜란드는 해수면보다 낮은 땅이 많아서 인공 운하가 수로 역할을 했다. 5월에 비행기를 타고 내려다보면 튤립 꽃밭이 마치 바다 위에 줄

지어 떠 있는 벼 모판 같기도 했다. 운하 옆에 심어진 검붉은 튤립을 보자 알렉상드르 뒤마의 소설 「검은 튤립」이 생각났다. 주인공 청년이 검정 색깔 튤립을 창조하려는 열정으로 고난과 역경을 극복하는 이야기였다. 가장 아름다운 튤립 선발대회를 둘러싸고 독일과 네덜란드의 부자들이 갈수록 많은 상금을 걸면서 엄청난 투기로 이어지는 이야기를 금지된 사랑과 연결시켜 흥미진진한 소설이었다. 꽃의 아름다움에 매혹된 사람들의 일확천금을 노리는 욕망이 빚어낸 광풍과도 같았던 튤립 파동을 소재로 한 것이었다.

그처럼 달아올랐던 열기를 단숨에 식혀버린 건 아주 사소한 소송 사건 때문이었다. 어느 요리사가 튤프 알뿌리를 양파로 알고 프라이팬에 볶아버린 것이다. 주인인 귀족이 요리사를 상대로 소송을 걸었던 건 그 알뿌리가 집 한 채 가격과 맞먹는 고가였기 때문이다. 그러나 법원은 튤프 알뿌리의 재산적 가치를 인정할 수 없다는 판결을 내렸다. 튤프 파동은 그 판결로 인해 투기에 가담한 사람들 반 이상을 빈곤층에 빠트리며 어이없이 끝났다.

서늘한 기후와 모래 토양인 네덜란드에서 절대적으로 우수한 품질이 생산되는 튤프는 나라의 상징이자 자랑거리였다. 네덜란드는 다른 수많은 종류의 꽃 재배에도 성공해 원예 강국이 되었다. 전 세계로 수출되면서 튤프는 영어 발음인 '튤립'으로 불리게 되었다.

연약한 튤립이 강한 바람에도 꺾이지 않고 싱그럽게 자라는 건 연중 흩뿌리는 비가 튤립의 꽃대에 물을 가득 채우고 있기 때문이었다. 그래서인지 튤립을 손으로 꺾기는 힘들었다. 집 담벼락에 심은 튤립이 지고 나면 꽃대를 자를 때도 반드시 칼이나 가위로 잘라야 깨끗했다. 바람 잘 날 없는 날들을 슬기롭게 극복해 나가는 외유내강의 지혜를 튤립의 꽃대에서 배울 수 있었다.

쾨켄호프에서 유럽의 봄이 시작되듯이 다양한 색깔의 튤립을 감상하며 주재원 부인들과 나는 원기를 얻었다. 꽃밭을 거닐며 다정다감한 이야기를 나누는 가운데 서로의 관계가 더 돈독해진 것을 느낄 수 있었다. 셀 수 없이 다양한 튤립뿐 아니라 히아신스와 수선화, 백합과 장미, 카네이션, 붓꽃 등 매혹적인 꽃들이 조화로운 향연을 펼치던 정원이 눈에 선하다.

네덜란드 꽃들에 안부를!

이제 꽃 좀 그만 사 오면 안 되나요? 아들이 정원의 흙을 삽으로 퍼 올리며 말했다. 파놓은 구덩이에 장미를 심으려고 흙이 달린 뿌리를 덩어리째 내려놓다가 아들을 바라보았다. 엄마의 관심을 꽃들에 빼앗긴 것 같아서 그러냐고 물었다. 아들은 피식 웃더니 넓은 정원에 벌써 서른 그루도 넘는 나무까지 심지 않았느냐고 했다.

등교 시간에 맞춰 아이들을 학교에 내려주고 돌아서는데 비가 흩뿌리듯 내려서 쓸쓸한 기분이 스몄다. 네덜란드의 초봄은 예측할 수 없는 날씨였다. 거리의 가로수에는 새싹이 돋으려면 멀었는데 나무 그루터기 아래 풀밭에는 보랏빛 크로커스가 힘차게 땅을 밀어내며 솟아오르고 있었다. 수선화도 여기저기 노랗고 하얀 꽃망울을 달고 무리 지어 피어나고 있었다.

운전을 해서 집으로 돌아오는 길에 쓸쓸한 마음을 달래려고 동네 꽃가게에 들렀다. 가랑비 사이로 반짝 얼굴을 내민 햇살 아래 꽃들이 찬

란하게 빛났다. 커피를 한 잔 청해서 꽃가게에 딸린 카페에 앉아 마셨다. 눈물처럼 흘러내린 커피 자국을 엄지손가락으로 지우며 하얀 커피 잔을 물끄러미 내려다보았다. 미지근한 커피는 우유의 비릿한 냄새로 더 밍밍하게 느껴졌다. 우리나라에서 즐겨 마셨던 뜨거운 커피가 그리웠다. 반쯤 남은 커피를 한 모금 겨우 목구멍으로 넘기고 고개를 들어 천장에 둥그렇게 매달린 꽃 무리를 보았다. 하늘하늘 나풀거리는 꽃잎들이 마음 안에 등불을 켜주었다. 아직 이른 봄인데도 온실 안 카페에 피튜니아가 만개해 있었다. 꽃송이 송이에 고국에 있는 그리운 이들의 얼굴이 피어나고 있었다.

식은 커피를 마저 마시고 주변을 천천히 돌아보자 온갖 꽃과 나무들이 친구처럼 다가왔다. 그날 나는 제라늄 화분 하나와 영어 원예지 한 권을 사서 집으로 돌아왔다. 꽃 가꾸는 법을 공부하면서 영어 공부도 하자는 속셈이었다.

승용차로 실어서 사올 수 있는 작은 꽃나무들은 심어놓아도 아이비 덩굴에 가려 보이지 않았다. 거의 2미터가 넘는 키의 네덜란드 사람들 사이에 있는 나를 보는 것 같았다. 휘몰아치는 바람 속에 친구 한 사람 없이 어두컴컴한 네덜란드의 겨울을 지나고 있자니 온몸과 마음이 아팠다. 그럴 때마다 화원에 들러 꽃나무를 사다 집에 심었다. 사랑하는 사람들로부터 분리되어 새로운 곳에서 맞이하는 불안과 역경을 어린 나무들을 사다 심으며 나와 함께 이겨내고 더불어 강해지기를 바랐던 것일지도 몰랐다. 나무가 거대한 잠재력을 지녔듯 나도 강해지고 커지고 싶었던 것일 수도 있겠다.

방울방울 탐스럽게 달리아 꽃이 피어나던 초여름 날도 화원을 찾았는데, 그곳에서 한국 학부모 두 사람을 만났다. 꽃을 좋아하는 공통점으로 우리 셋은 쉽게 친구가 되었고, 서로의 집을 오가며 꽃을 함께 돌보았다. 개체수가 많은 꽃모종을 서로 나누기도 했고, 시들며 죽어가는 꽃이 어떤 병이 났는지 어떻게 구제했는지를 서로 얘기하며 키우다 보니 꽃이 모두 풍성하고 싱그러워졌다. 경옥 씨의 집 담장에는 블랙베리가 탐스럽게 열렸다. 햇살이 좋은 안젤라 씨의 집 정원에는 제라늄이 화려했다. 우리 집에는 장미가 아름답게 피었다. 초록색 담장에 기대어 심은 튤립이 사랑스러웠다.

네덜란드는 아침저녁으로 비가 내리고 항상 바람이 불어 꽃들이 싱싱하게 자랄 수 있는 환경이었다. 7월이나 8월 한 달 정도는 맑은 날들이 이어졌는데, 그럴 때는 나라 전체가 온통 그림처럼 아름다웠다. 우리나라의 여름처럼 습하지 않고 쾌적해서 여행하기에도 좋았다. 하지만 그런 날들은 하루만 물을 주지 않아도 꽃잎이 타버렸다. 휴가철에는 여행을 떠난 집 정원을 서로 돌보아주었다. 3년 동안 늘 강인하게 커가며 기쁨을 안겨주었던 꽃나무들과 한결같은 친구들이 내 삶을 지탱해주었다.

정원의 꽃나무들이 제법 조화롭게 어우러지기 시작했을 무렵 남편이 이탈리아로 발령이 났다. 해외 이삿짐에는 화초를 실을 수가 없었기 때문에 삶의 원기를 충전해주던 꽃나무들을 모두 남기고 떠나야 했다. 아쉬운 마음에 두 친구의 정원에 가장 아끼는 꽃들을 옮겨 심었다. 나머지는 집주인에게 살뜰히 보살펴달라고 신신당부했다. 집주인은 정원을 풍성하게 가꿔준 것이 고맙다면서 다음에도 한국 사람에게만 집을 빌려주고 싶다고 말하며 내 손을 잡았다.

날 닮은 꽃이라며 노란 장미와 하얀 수국이 탐스럽게 피어난 사진을 네덜란드에서 경옥 씨가 보내왔다. 10년이 지난 꽃나무들은 정성 어린 보살핌 속에 화사한 꽃송이를 무더기로 피우고 있었다. 사진 속에서 튀어나올 듯 앞다투어 나에게 인사를 하는 것 같은 꽃들을 보니 우리 집 정원의 꽃들이 궁금해졌다. 안부를 묻고 싶었다. 네덜란드 꽃들에게!

세 번째 하늘 이탈리아

2008~2010

가시에 찔린 듯

밀라노 한인 성당 교우들을 실은 버스가 일정에 없었던 수도원을 향하고 있었다. 마침 한국 수사 한 분이 그곳 봉쇄수도원에서 기도 생활을 마치고 10년 만에 휴가를 나오는 날이라고 했다. 홍 비오 신부님이 가톨릭대학교 동기인 그분을 만날 겸 들렀다 가자고 제안했다. 수도원에서 한참 아래 있는 장미정원을 지나고 있을 무렵이었다. 등 쪽에 따끔따끔한 느낌이 들었다. 손을 뻗어 만져보려 했으나 손이 닿지 않았다. 등에서부터 바늘에 찔리는 듯한 통증이 온몸으로 빠르게 퍼져나갔다. 버스 좌석에서 놀라 몸을 뒤척이느라 옆에 앉은 교우를 스쳤다. 나를 본 그녀는 얼굴이 너무 창백하다며 다짜고짜 환자가 생겼다고 신부님을 불렀다. 버스 안의 사람들이 놀라 웅성거렸다. 버스 앞자리에서 앉아 있던 신부님이 뒤쪽 우리 자리까지 뛰다시피 오셨기에 억지웃음을 지으며 괜찮다고 했다. 통증은 서서히 가시고 있었지만, 마구잡이로 이상한 생각들이 머릿속에서 회오리치기 시작했다.

수비아코의 성 베네딕토 수도원

　나는 성 베네딕토가 누군지 몰랐다. 그러니 수비아코 수도원에 대
해서도 아는 바가 없었다. 버스에서 내려 수도원 입구에 서자, 마치 내
집처럼 전혀 낯설지 않았다. 캄캄한 동굴 안이 너무 익숙하고 편안했
다. 마치 영화를 보는 것처럼 선명한 기억들이 훅훅 뇌리를 스치고 지
나갔다.

　동굴의 바닥을 보자, 급류에 휘말린 아이를 구해내고 기진맥진해 땅

바닥에 누워 숨을 헐떡였던 내 심장이 그 기억을 소환한 듯 쿵쾅거렸고, 머릿속이 얼크러지면서 이마에 진땀이 흘렀다. 10년 만에 바깥으로 나온 수사님은 묵언으로 갇혔던 목소리를 꺼낸 듯 성인의 일화를 목청껏 말하고 있었다. 저분이 어떻게 내 이야기를 저렇게 잘 알고 있는 거지? 옴니버스 꿈을 꾸듯 현실과 낯선 기억 속을 혼란스럽게 오가며 숙취 상태처럼 속이 거북했다. 가장 소름이 끼쳤던 건 베네딕토 성인이 마을의 처녀를 동경해서 욕정을 떨쳐내려고 장미 가시덤불에 몸을 던졌다는 대목이었다. 버스를 타고 오면서 너무나 생생했던 그 따끔거림과 긁힘의 아픔이 되살아나면서 온몸에 전율이 일었다. 나는 동굴을 빠져나와 풀숲에 토했다. 먹은 것이 없어 텅 빈 위에서는 노란 물만 거듭 목울대를 넘어왔다.

돌아가자고 일행이 버스를 타는데 발걸음이 떨어지지 않았다. 내가 있을 곳은 이곳인데 내 집이 어디라는 것인지 막막했다. 마음과는 달리 허공을 걷듯 버스에 올라 집에 돌아왔지만, 가슴속 가득 슬픔이 차올랐다. 나는 그곳에 있어야만 하는 사람인데 이곳은 어디고 나는 누구인지 정체성을 잃은 날들이 괴로움 속에 혼란스럽게 흘러갔다. 남편은 수도원의 삶을 흠모하는 것쯤으로 내 마음을 해석하고 있는지 안타까워하면서도 어찌할 바를 몰랐다. 왜 아니겠는가! 남편이 나처럼 그랬다면 그 수도원의 청아한 수녀님이나 예쁜 동네 아가씨에게 반해서 그런 거라고 나는 분명 오해했을 것이다. 그런데 정작 나조차 그곳을 향한 알 수 없는 그리움이 이해되지 않았다. 지금은 우스갯소리처럼 '진정 난 몰랐었네'라고 말할 수 있지만, 적어도 그때는 아프고 고통스

가시에 찔린 듯

러웠다.

　결국 신부님께 도움을 요청했다. 본당 신부님은 기도와 고민 끝에 나의 신앙심이 깊어져 베네딕토 성인의 영성에 가까이 간 듯하다고 했다. '산투아리오', 즉 성지로 지정된 성당들을 방문해 기도해보라고 했다. 나는 이탈리아 성지 안내책을 한 권 샀다. 밀라노 근교에 있는 성지 산투아리오 산타 마리아 델 폰테(Santuario Santa Maria del Fonte)부터 시작해보기로 했다. 뜻을 같이한 교우들과 신부님이 함께 그곳의 유래와 성인들의 업적을 돌아보며 기도와 명상을 했다. 그곳은 다리 아픈 사람들에게 효험이 있는 샘이 있어 유명한 곳이었다.

　모임을 거듭할수록 조금씩 마음이 편안해졌다. 누구보다 열심히 성서와 성인 공부에 조예가 깊은 세실리아 자매님을 모임에 나오시게 했다. 그 자매님의 안내로 성인들의 삶에서 얻은 교훈은 우리의 신앙 생활뿐 아니라 실생활에도 도움이 컸다. 세실리아 자매님의 우울증도 사라졌다. 나의 주선으로 3년을 함께 모임을 했다. 주재원 가족인 나는 그곳을 떠나면서 세실리아 자매님이 모임을 지속해 나가길 원했다.

　이탈리아에서 친하게 지내던 엘리사의 부탁으로 잠시 그곳을 방문하게 되었다. 엘리사와 식당에 갔다가 모임의 이야기를 들었다. 한국으로 돌아온 나는 바쁜 일상에 묻혀 사느라 그 모임을 잊고 있었다. 지금은 모임이 커져 이탈리아 사람들과 외국인들도 관심을 가진다고 했다. 베네딕토 성인처럼 자신의 자리에서 꿋꿋이 사람들에게 선한 영향력을 끼치며 모임을 이끌어온 세실리아 자매님의 노고가 훌륭했다. 남편이 주재했던 나라의 한국 교민들은 대부분 소수민족으로 살고 있었다. 종교를 통해서 본토 사람들과의 교류가 활발해지고 소통의 기회가 많아진다면 얼마나 좋은 일인가. 그 이상했던 나의 경험은 그런 친교를 위한 신의 뜻이었을까?

가시에 찔린 듯

새벽 3시의 공포

　　　　　　　　일주일은 지나야 현관문을 고치러 올 수 있
다고 했다. 손잡이도 없이 뻥 뚫려서 여닫이문이 된 현관문으로 엿새
밤을 지내야 한다니 공포감까지 엄습했다. 총무과 직원의 지극히 사무
적인 목소리가 이를 데 없이 서운했다. 그러나 그 직원인들 무슨 뾰족
한 수가 있었겠는가? 여기는 이탈리아인데⋯⋯.

　현관문에 청테이프를 붙여서 뚫린 구멍을 막았다. 이런 허술한 장치
로 위험하게 지낼 수만은 없어서 한참을 궁리하다 보니 무엇이든 고친
다는 조선족 아저씨가 떠올랐다. 급한 마음 탓인지 집에 흔히 보이던
한인 정보지가 아무리 찾아도 없었다. 하는 수 없이 이웃에 사는 한국
주재원 부인에게 물어보니 자기 일처럼 안타까워하며 전화번호를 알
려주었다. 40여 분을 시도한 끝에 겨우 통화가 연결되었다. 어젯밤에
당했던 일을 설명하고 당장 오늘 밤을 어떻게 보내야 할지 막막하다고
말하는데, 나도 모르게 울음이 몰려 나왔다. 기막힌 상황이었지만 하
소연할 데가 없어서 그랬던 것 같았다.

수리하는 아저씨는 얼마나 절실하면 눈물바람이겠냐며 동포끼리 돕고 살아야지요 하면서 다른 일들을 뒤로 미루고 달려와주었다. 돌아가신 오빠가 살아 온 듯 반갑고 고마웠다. 우선 응급조치로 뚫린 구멍에 철판을 덧대어 메꾸고 임시 손잡이를 달아주었다. 반쯤 남아 덜렁이던 마지막 잠금장치를 보완해주더니 제대로 부품을 갖춰 고칠 때까지 버티라고 했다. 불안한 마음이 다 가시진 않았지만, 구멍을 메꾸어준 것만도 감지덕지여서 이틀 동안은 걸쇠만을 잠그고 외부 등을 모두 켜둔 채 거의 뜬눈으로 밤을 지새웠다. 타국의 밤은 시름으로 깊어갔지만, 나는 어쩔 수 없는 설움을 삼키며 출장 간 남편이 당장 돌아오길 바라는 마음을 다잡느라 가슴이 시렸다. 이틀 후 남편이 출장지에서 돌아왔을 때 비로소 졸였던 심정을 고스란히 풀어놓을 수 있었다. 다행히 현관문도 튼튼하게 다시 고쳐졌다.

퍽 퍼벅 퍽퍽! 쿵 쿠쿵 쿵쿵쿵! 하는 소리가 어렴풋이 들리더니 슈우욱 슉 슥슥 츠츠측 슈숙…… 2층 침실에서 자고 있던 나는 설핏 잠결에 이상한 소리를 연이어 들었다. 손을 더듬어 침대 옆 탁자의 등을 켜고 시간을 보니 새벽 3시가 조금 지나 있었다. 딸아이가 컴퓨터를 켜둔 채 잠이 들었나 싶어 방문을 살며시 열어보니 아이는 깊이 잠들어 있었다. 서재의 컴퓨터도 얌전히 꺼져 있었고, 출장을 간 남편이 돌아올 날도 시간은 더더욱 아니었다. 가끔 고양이들이 새벽에 방범창에 설치된 센서에 감지되어 버저가 시끄럽게 울리는 바람에 이웃들의 애먼 잠을 깨울 때도 있었지만, 그것도 아니었다.

이번엔 소리부터가 달랐다. 무언가 둔탁한 파열음이 들리고 이어서 쇠를 자르는 듯한 날카로운 소리가 들렸다. 순간, 도둑이다! 싶었다. 소름이 쫙악 끼치면서 온몸의 피가 역류하는 듯했다. 손가락 한 개도 까딱할 수 없을 만큼 긴장되어 숨도 쉴 수가 없었다. 그러나 힘을 모아 정신을 바짝 차리고 집 안의 불이란 불의 스위치를 모두 올렸다. 그리고 계단을 뛰어내려가 현관문의 렌즈를 통해 바깥을 살펴보려 했다. 그런데 유난히 두껍고 육중한 현관문의 손잡이는 온데간데없고 구멍이 뻥 뚫려 있었다! 게다가 걸쇠로 된 잠금장치의 U자로 늘어진 체인을 문틈으로 들어온 벌건 불기둥 같은 것이 휘감고 있다가 불이 탁 켜지는 순간 거짓말처럼 사라졌다. 어처구니없는 상황이 믿어지지 않았다. 한 발 한 발 조심스럽게 현관으로 다가가자 슉–슉–슉– 검은 물체가 하나 둘 셋 재빠르게 스쳐 지나가는 보였다. 몸속의 아드레날린이 모두 방출된 듯 머리가 쭈뼛해졌다. 그러나 다음 순간 무서움이나 두려움보다는 분노가 솟구쳐 올랐다.

비상벨을 힘껏 누르자 사이렌이 빌라 전체에 울려 퍼지며 새벽의 정적을 깨트렸다. 경비실의 마리오 아저씨가 잠을 비벼내며 뛰어오다 뻥 뚫린 현관을 보더니 깜짝 놀라며 뒷걸음질을 쳤다. 새벽 사이렌에 놀라 무슨 일인지 동네 사람들이 우리 집으로 몰려왔다. 현관문 뒤에는 침입자들이 미처 챙겨가지 못한 공구들이 떼어낸 현관문 손잡이 따위와 함께 나뒹굴고 있었다.

웅성거리는 사람들 사이로 제복을 갖춰 입고 장총까지 둘러멘 카라비니에리 경찰 두 명이 도착하여 온 집 안을 샅샅이 뒤졌다. 그 소란에 놀라 깬 딸아이가 엄마 품에 안겼다. 아이의 심장 뛰는 소리가 쿵쾅거리고 내쉬는 숨소리도 내 숨소리와 더해져 거칠었다. 이웃의 아리아나 할머니가 우리 모녀에게 담요를 둘러주며 자기의 집으로 가자고 했다. 달려온 회사 직원과 경찰이 피해 상황을 확인하며 수습을 하는 동안 아리아나 아주머니가 내준 따뜻한 물을 한 모금 마셨다. 온몸이 사시나무처럼 떨렸다.

거친 숨을 몰아쉬며 내 팔을 부여잡고 있는 딸아이를 부둥켜안은 채 믿기지 않는 현실과 남편의 부재가 서러워 두 눈에서 눈물이 주르륵 흘러내렸다. 그래도 나는 출장 간 남편에게는 알리지 않기를 바랐다. 회사의 일을 무사히 잘 마치고 돌아오는 것이 주재원 생활을 성공적으로 돕는 아내의 역할이라고 생각했다. 앞으로 어떻게 살아가야 할지 아득했으나 그럴수록 정신을 차리자고 마음을 다잡았다.

단지에서 주민 회의가 열린 것은 당연한 일이었다. 주택단지 내에 CCTV를 사각지대 없이 촘촘히 달고 외등도 보충해야 한다는 의견이 만장일치로 결정되었다. 소 잃고 외양간 고치는 격이었지만, 고칠 건 고쳐야 하지 않겠는가! 그날의 경험으로 어떤 상황에서도 침착하게 대처해야겠다는 것과 타국에서는 특히 이웃과 유대관계를 돈독히 하며 살아야 한다는 것을 새삼 깨달았다. 아리아나 할머니와 마리오 경비 아저씨 그리고 그날 왔던 동네 사람들이 나에게 더없이 다정하고 친절한 이웃이 되어주었다.

교칙 번역 프로젝트

11학년 남학생이 서스펜션(suspension) 당했다던데 아세요? 교칙을 잘 몰라서 당한 거래요. 익스펄션(expulsion)은 또 뭐예요? 하교 시간에 맞춰 아이를 데리러 학교에 가니, 교문에서 엄마들이 웅성거리는 소리가 들렸다. 정학이나 퇴학을 영어로 뭐라고 하는지 몰랐던 건 나도 마찬가지였다. 대부분의 엄마들은 그런 일이 자기 아이들에게 닥칠 것은 생각하지 못했다. 그 말을 듣자, 알고 피하는 것과 모르고 당하는 것은 다르다는 생각이 들었다. 학교의 교칙 안내서는 아주 얇았다. 그렇지만 모르는 단어를 사전을 뒤져가며 읽어도 쉽게 이해되지 않았다. 미국 학교의 교칙이 한국의 경우와 다른 것도 많았다.

새 학기가 되자 학교 이사장으로부터 한국 공동체 학부모 대표가 되어달라는 제안을 받았다. 나는 고맙지만, 대표는 학부모 회의를 통해 선출하는 공동체 소관이라고 대답했다. 곧 공동체 회의가 열렸다. 부담감 때문에 학부모 대표는 그 누구도 맡지 않으려고 했다. 나 역시 머리가 쭈뼛해져서 짐짓 시선을 내리깔고 있었다. 전임 대표가 일을 잘할 것 같다면서 나를 지목하자, 학부모들은 시름을 덜었다는 듯 자기들 마음대로 박수치고 일방적으로 결정해버렸다. 얼떨떨한 표정으로 나는 자리에서 일어나 고사의 뜻을 밝혔으나 어림없는 일이었다.

딸아이는 밀라노에 있는 아메리칸 스쿨(ASM, American School of Milano)의 10학년, 우리나라 학제로 치면 고등학교 1학년인 셈이었다. 나는 어쩔 수 없이 학부모 대표 자리를 맡게 되었다. 네덜란드 ASH(American School of Heague)에서의 일이 생각났다. 아들이 그곳에서 고등학교에 다닐 때, 한국 학부모회의 대표를 맡아달라는 제안을 고사했었다. 그 학교는 한국 학생들 대부분이 남편 회사 직원들의 자녀였다. 당시 법인장으로 일하던 남편의 자리 때문에 내가 맡기엔 부담스러웠다. 학교로부터 봉사 정신이 없는 학부모로 낙인이 찍혔다는 걸 나중에 알았다. 용기가 없어 그런 오명을 또 쓸 수는 없었다. 다행히 이곳 이탈리아에서는 남편 회사 직원의 자녀들은 대부분 다른 영국인 학교에 다니고 있었다. 딸아이를 위해서도 봉사하리라 마음을 먹었다.

유치원부터 12학년까지 아이들이 다니는 ASM에는 한국 아이들이 50명에 달했다. 이탈리아 학생들이 가장 많았고, 한국이 두 번째, 미국이 세 번째로 많았다. 학생 수가 500명에 불과한 작은 학교였는데, 무려 150개국의 아이들이 다니는 다국적 학교였다. 학부모 대표가 되어보니 학교와 여러 분야의 소통이 시급했다. 대표단을 정비하고 모든 일은 회의를 통해서 결정하자고 했다. 결정된 사항은 온라인에 학부모 소통의 장을 만들어 공유했다. 무엇보다 학교와 학부모 공동체 간의 대화가 필요했다. 첫해를 소통의 해로 정하고 학교 이사장을 비롯해 각 학년 선생님과 학부모들 간의 간담회를 열었다. 학부모들은 그동안 궁금하거나 건의하고 싶었던 것들을 해결할 수 있다며 반겼다.

교칙을 한국어로 번역하는 작업도 했다. 문제가 됐던 정학이 무엇인지 퇴학이 무엇인지부터 알아야 할 것 같았다. 일어날 수 있는 상황에 대비해 아이들이 무사히 학교를 마칠 수 있도록 하는 것이 학부모가 해야 할 일이라는 생각이 들었다. 무엇이 아이들을 위한 부모의 태도인지에 대한 진지한 대화를 나누었는데, 자녀들이 스스로 내면적 가치를 느끼고 자신을 사랑하는 삶을 주도적으로 꾸려나갈 수 있도록 돕는 것이 부모의 주된 역할이라는 데 의견이 모아졌다. 그것을 위해 학교의 교칙을 정확하게 아는 것이 필요했다.

학부모와 아이들 모두가 교칙을 숙지하면 억울한 일도 막을 수 있겠다 싶었다. 여러 날을 고민한 끝에 학부모 모두가 동참하게 하는 것이 효율적이라는 생각이 들었다. 교칙을 열세 개 부분으로 나누어 각 학년 대표에게 배분해주었다. 학년별로 역량껏 번역하자고 제안했다. 학부모들 모두 학창 시절 시험이라도 치르는 것처럼 열심이었다. 자신들이 맡은 부분에 오역은 없는지 읽어보고 또 읽어보며 확인했다. 누가 한 번역이 가장 잘됐는지 열기가 뜨거웠다. 한 달 만에 번역한 것을 모아 미국에서 학교를 졸업한 엘리사에게 감수를 받은 후 전문가에게 의뢰해 번역을 이중으로 확인했다. 그러는 동안 모두가 교칙을 외우다시피 했다.

학부모회 카페에 첫 게시물로 한글로 번역된 교칙을 올렸다. 교칙은

개정이 있을 때마다 서로 업그레이드해 나가자고 명시했다. 국격을 높이며 해외에서 성실히 살아가는 교민과 주재원 자녀들이 교칙을 제대로 알고 학업에 매진할 수 있는 기틀을 마련한 셈이었다.

또 도둑이라니

　　　　　　　해 질 무렵의 붉은 하늘이 비장하게 다가들었다. 덜덜 떨리는 손으로 경비실 인터폰을 여러 번 누르고 방범 업체와 연결된 비상벨도 눌렀다. 옆집에 사는 테오 아저씨가 놀라 뛰어오고 경비실 마리오도 황급히 왔다. 이웃에 사는 주재원 부부까지 무슨 일이냐며 서둘러 달려왔다. 그들 뒤에서 가을바람이 낙엽을 쓸며 스산하게 불어왔다. 딸아이의 손목을 잡은 왼손에 힘이 불끈 실렸다. 오른손에는 골프채를 부여잡은 채 나는 엄마라는 책임감으로 몸을 지탱하고 있었다.

　순식간에 연극 무대에 등장하는 것처럼 이탈리아의 경찰 두 사람이 제복을 갖춰 입고 나타났다. 전에 도둑이 들었을 때는 한밤중 부지불식간에 당했던 터라 경찰마저도 무섭게 보였는데, 오늘은 그들이 마치 우리를 구하러 나타난 영웅 같았다. 테오 아저씨와 마리오는 내 손에 쥐고 있는 골프채를 내려놓으라고 했다. 그러나 나는 절박한 심정이 되어 골프채를 쥔 손에 힘을 더하며 여전히 몸을 떨고 있었다. 이웃 주재원 부인이 집으로 돌아가 가져온 담요로 딸아이와 나를 덮어주며 위로했다.

집 안을 살피던 경찰이 주방 쪽에서 큰 소리로 나를 불렀다. 부엌 중앙에 있는 아일랜드형 조리대를 돌아서 뒤뜰로 나가는 문을 손가락으로 가리키고 있었다. 유리가 뽑혀 텅 빈 문살로 차가운 가을바람이 우수수 몰려들었다. 문의 맨 아래쪽 유리가 깨끗하게 뽑혀 뒤뜰 잔디 위에 얌전히 포개진 채 깨져 있었다. 유리의 깨진 자국이 발로 밟고 지나간 자국이어서 급박한 상황을 나타내고 있다.

그 꼴에 또다시 아득해지는 걸 느끼며 현실을 부정하고만 싶었다. 아까 집을 나설 때 분명히 뒤뜰로 나가는 문을 잠그고 불안해서 이중장치인 쇠로 된 접이식 보호대까지 펼쳐서 잠그고 나갔었는데, 보호대가 열려서 한쪽에 접혀 있었다. 접이식 보호대를 살피던 경찰이 고장난 거냐고 묻기에 아니라고 대답하며 가까이 가보니 한 면이 아예 모두 잘려 나가 있었다. 이럴 수가! 내가 너무 놀라 뒤로 주춤 물러서자 경찰은 테오 아저씨에게 이상한 낌새가 없었는지 물었다. 머리를 흔드는 테오 아저씨 너머로 호기심 가득한 얼굴 하나가 불쑥 이웃집 뒤뜰에서 나타났다. 경찰이 그 얼굴을 향해 이상한 소리 같은 걸 들었느냐고 다시 물었다. 그 얼굴은 오후에 우리 집 보호장치를 두 남자가 와서 사다리를 놓고 수리하고 있었다고 했다. 부른 적이 없는 수리공들이었다.

그러고 보니 엄마 차가 우리 집 차고에 들어오는 소리가 들리자 이

또 도둑이라니

어서 와지끈하는 소리가 들렸다고 딸아이가 악몽에서 깨어난 듯 말했
다. 경찰은 내 차가 들어오자 수리를 위장하고 침입했던 도둑이 황급
히 유리를 짓밟고 도망친 것으로 추정했다. 경찰과 함께 집 안을 구
석구석 모조리 확인하고 나서야 나는 손에 붙박인 듯 쥐고 있던 골프
채를 내려놓았다. 다른 곳은 별 이상이 없었지만, 안방은 그야말로
난장판이었다. 옷장 문과 서랍이 모두 열려 있었고 옷가지며 이불까
지 여기저기 널브러져 있었다. 화장대 위에 있던 작은 보석함은 사라
지고 없었다.

우리가 이탈리아에서 처음 살았던 밀라노 듀에의 주택에 도둑이 들

었던 것이다. 딸아이가 과제에 필요한 문구를 사다 달라고 했다. 학교 근처의 문구점에서 사 왔으면 좋았으련만 스쿨버스 출발 시간이 급박해 문구점에 들르지 못했다고 했다. 그날따라 내키지 않는 마음으로 15분 거리에 있는 프랑스 쇼핑몰 오샹(Auchante)에 갔었다. 서둘러 물건을 사고 주차장으로 가는데 딸아이에게서 전화가 왔다.

"엄마 집에 들어온 거야?" 하는 말에 곧 갈 거라고 끊으려는데 "그럼 계단에서 나는 소리는 누구지?" 하는 거였다. 가슴이 덜컹 내려앉았다. 뛰는 가슴으로 차를 급하게 몰면서 안전을 확인해야 하니까 전화를 끊지 말라고 당부했다. 라디오를 켜서 볼륨을 높이고 사람이 많은 것처럼 계속해서 말을 크게 하라고 했다. 방문도 잠그라고 했더니, 서랍을 여는 소리와 함께 부스럭거리는 소리가 한동안 들리더니

"엄마, 열쇠가 없어요……"

이탈리아는 방문을 잠글 때도 열쇠를 넣고 돌려야 문이 잠겼다. 평소에 방을 잠그고 살지 않았으니 열쇠는 안방 서랍 속 열쇠를 모아놓은 꾸러미에 같이 있을 터였다. 계단에서 소리가 났다면 방을 나갔다가는 도둑과 마주칠지도 몰랐다. 딸아이 보고 방에 딸린 발코니로 나가 있으라고 했다. 외부에 노출되는 편이 차라리 침입자로부터 안전할 것 같았다.

어떻게 주차장에 도착했는지 모른다. 주차장 문을 활짝 열어놓은 그대로 나는 골프 백에서 채를 잡히는 대로 하나 뽑아 들었다. 집 안으로 들어가는 문도 모두 활짝 열었다. 2층 딸아이 방으로 뛰어올라가면서

또 도둑이라니

큰 소리로 외쳤다. 나가라고, 문을 모두 열어놓았으니 제발 나가달라고! 이탈리아어와 영어, 한국어 생각나는 대로 고함을 질렀다. 발코니에서 하얗게 질린 채 두 손으로 전화기를 붙들고 동동거리고 있는 딸아이를 데리고 우선 집 바깥으로 나왔다. 그때까지도 우리는 마치 생명줄이라도 된 듯이 둘 다 전화기를 움켜쥔 채 끊을 수가 없었다.

마리오 아저씨의 연락을 받고 숨이 턱에 차게 달려 온 회사 직원은 남편에게 먼저 전화를 걸자고 했다. 남편은 일 년에 한 번씩 열리는 미국 라스베이거스 전자 쇼에 참석차 출장을 갔다. 연락한들 올 수도 없을뿐더러 걱정으로 마음만 복잡할 터이니 연락하지 말라고 했다.

현실적으로 수습에 집중할 필요가 있었다. 이웃 주재원 부인이 알려준 정보로 서둘러 유리공과 용접공을 불렀지만, 며칠 뒤에나 올 수 있다고 했다. 유리도 새로 끼우려면 마찬가지였다. 하는 수 없이 비닐로 유리창을 막아 테이프로 붙이고, 덧문이 잘렸으니 가구를 창가로 옮기는 걸 도와주느라 회사 직원은 한밤중이 되어서야 돌아갔다. 지금도 그 고마움은 잊을 수가 없다. 이웃의 주재원이 자신들 집에 와서 며칠 지내라고 했지만, 그날 밤 우리 모녀는 집 바깥의 외등을 모두 켜두고 열쇠로 집 안의 모든 문을 걸어 잠그고 서로를 의지하며 부둥켜안았다. 멀리 미국에 출장 간 남편과 유학 중인 아들의 부재가 너무도 크게 느껴지는 이탈리아의 밤은 길고도 깊었다.

삼각뿔이 낸 펑크

라 라가차 스타 도르멘도!(La Lagazza sta dor-
mendo!) 여자애가 자고 있네! 우리 차를 정지시킨 형광연두색 조끼를
입은 남자가 수선스럽게 다가왔다. 차가 펑크 났다며 운전하던 나와
조수석에 앉은 아들에게 차에서 내리라고 하던 참이어서 그렇게 외치
는 소리에 놀라 뒤를 돌아보았다. 줄줄이 놓인 쇼핑백 옆에서 누워 까
무룩 졸던 딸이 벌떡 일어나는 바람에 뒷좌석의 문을 열던 다른 남자
가 놀라며 한 말이었다.

조수석 문을 열고 나간 아들이 그 남자 팔을 낚아챘다. 딸아이가 "뭐
야! 무슨 일이야?" 하는 목소리가 떨리는 걸 보니 무서운 모양이었다.
아들이 침착하게 괜찮다고 안심시키며 차 문을 닫아주었다. 이탈리아
어를 모르는 아들은 영어로 그들에게 경찰 신분증을 보자고 말했다.
두 남자는 아들의 기습에 오히려 놀란 듯 눈알을 굴리며 우물쭈물했
다. 못 알아들었다고 생각했는지 아들이 이번에는 스페인어로 말했다.
두 남자가 입은 조끼에는 하얀 글씨로 크게 POLIZIA(경찰)라고 쓰여

있었다.

아들과 딸 그리고 나까지 셋이 동시에 쳐다보자 그들은 펑크 난 타이어를 교체하려면 공구가 필요하다면서 허둥지둥 자리를 떠났다. 혹시 정말 경찰일지도 모른다는 희망으로 비상 라이트를 켠 채 밀라노 도심의 복잡하게 밀리는 갓길에서 10분을 넘게 기다렸으나 그들은 돌아오지 않았다.

남편이 회사의 법인장으로 근무하던 이탈리아 밀라노에 있는 집으로 방학을 맞은 아들이 왔다. 네덜란드에서 고등학교를 졸업하고 미국으로 공부하러 갔던 아들은 이탈리아어를 모른다. 고등학교 때 스페인어를 배운 적이 있을 뿐이었다. 라틴어를 근원으로 하는 스페인어와 이탈리아어는 다행히 기초적인 소통이 가능했다. 우리나라 제주도 방언과 서울 사투리로 소통하는 정도일 거란 생각이 들었다.

집에 돌아온 아들에게는 필요한 물건이 많았다. 흔히 밀라노는 명품의 도시, 쇼핑의 천국이 아니던가. 몬테나폴레오네 거리부터 나가보았다. 명품 거리답게 화려한 외관의 브랜드 건물마다 진열장에 값비싼 상품을 전시해두고 어서 들어오라고 유혹했다. 유명한 비토리오 엠마누엘레 2세 갤러리아까지 두 곳에서 턱없이 비싼 명품을 구경하며 아이들은 돈을 많이 벌어야겠다고 다짐하고 있었다. 명품을 볼 때마다 상대적 상실감을 느낀다며 아예 그 거리에는 얼씬도 하지 않는 주재원 부인들도 있었다. 사실 그 거리에서 실생활에 꼭 필요한 물건을 찾기는 쉽지 않았다. 결국 다른 골목을 다니며 여러 가게를 가격표와 씨름

하며 다니다 보니 목이 마르고 다리도 아팠다. 리나센테 백화점의 루프 탑에서 목을 축이며 두오모 성당의 첨탑들을 구경했다. 다시 알뜰하게 요모조모 가격과 품질을 비교하며 산 물건들이 든 쇼핑백을 차 뒷좌석에 싣고 우리는 배가 몹시 고파 식당으로 향했다. 우리는 도시 외곽의 오래된 식당으로 가고 있었다. 남편에게 전화해 퇴근하면 식당에서 만나자고 했다.

도로가 밀리기 시작했다. 밀라노의 러시아워는 거의 교통대란 수준이었다. 배는 고프고 차는 밀리고 날씨마저 더웠다. 조수석에 앉은 아들의 미국 생활을 들으면서 천천히 앞 차와의 간격을 유지하며 차를 몰았다. 딸아이는 운전석 뒤에서 꾸벅거리며 졸고 있었다.

일순간 차가 한쪽으로 푹 기우는 느낌이었다. 고개를 갸우뚱할 틈도 없이 두 남자가 불쑥 차 앞으로 뛰어들더니 손짓으로 우리 차를 갓길로 유도했다. 무슨 일인가 싶어 일단 차를 세우고 아들에게 창문을 내리고 무슨 일인지 물어보라고 했다. 차 바퀴가 펑크 났다고 했다. 경찰이라는 글씨가 있는 조끼를 입은 남자들이 내리라는 말에 아들이 먼저 내리면서 그런 일이 벌어진 것이다.

아들이 펑크 난 차의 바퀴를 살펴보더니 이상한 쇳조각이 타이어에 박혀 있다고 했다. 말로만 들었던 삼각뿔이었다. 차가 밀리는 시간을 틈타 2인조 일당이 오토바이를 타고 가다 표적으로 삼은 차의 바퀴 아래 던진다는 그것이었다. 차 바퀴를 펑크를 내고 운전자가 당황한 틈을 타 경찰을 사칭하며 한 사람이 수선을 피우는 동안 다른 일당이 트렁크나 차 안에서 물건을 훔쳐 오토바이를 타고 달아나고, 운전자의 주의를 끌며 차를 살피는 척하던 사람은 공구를 가져오겠다며 손을 털고 유유히 사라진다는 삼각뿔 펑크족에게 우리가 당한 것이었다.

자동차 보험 회사에 전화를 걸었다. 교통이 복잡해 오려면 한 시간 이상 걸린다고 했다. 차를 세워둔 곳이 위험한 데다 식당이 멀지 않았다. 사정을 말하자 바퀴가 덜그럭댈 정도가 아니면 살살 움직여서 식당에 주차하고 식사를 하면서 기다리라고 했다. 덜덜거리는 운전대를 꽉 움켜잡고 달팽이가 기어가듯 굴러갔다. 에어컨 바람에도 아랑곳없이 등에서는 식은땀이 흘렀다. 차에서 내리는데 오금이 저려 한동안 다리가 곧게 펴지질 않았다.

차의 트렁크 바닥 아래에 있던 여분의 타이어를 꺼내 교체하려고 공기압을 살피던 보험회사 직원과 기사가 크게 한숨을 쉬었다. 그 타이어마저 펑크가 나 있다는 것이다. 중고차를 사면서 트렁크 바닥 아래 여분의 타이어가 들어 있는 건 확인했지만 펑크가 나 있을 줄이야! 누구를 탓할 것도 원망할 수도 없었다. 매사를 더 꼼꼼하게 살펴야겠다며 입술을 깨물 수밖에. 차를 견인해 가서 고치려면 일주일 이상이 걸린다고 했다. 식당에 도착하던 남편이 견인차에 달려 가는 차를 보고 무슨 일이냐며 놀라 물었다. 자초지종을 설명하면서 뒤늦게 억울한 생각이 들어 목이 메었다. 그렇지 않아도 하루 종일 일에 시달렸을 남편은 충격을 받았는지 점점 심각한 얼굴이 되었다. 딸아이가 눈을 반짝이며 그래도 내가 쇼핑백을 사수했다고 말하자 아들이 대견하다며 동생의 머리를 쓰다듬었다. 남편은 그제야 다친 데는 없느냐고 물었다.

고생이 많았다며 나를 위로하고 아들의 침착한 대응을 칭찬했다.

3대째 운영한다는 식당에서 피렌체식 고기인 비스테카 알라 피오렌티나(Bistecca alla Fiorentina)를 먹고 우리 가족은 다시 힘을 내보기로 했다. 이탈리아는 우리를 시험하는 인생 무대인 듯 짙은 어둠 속 그날 밤은 한숨 속에 깊어가고 있었다.

삼각뿔이 낸 펑크

이탈리아에서는 아파트를 콘도라고 부른다.

너무도 필사적인

　　차창을 열고 차고로 들어가는 아파트 뒷마당에 있는 출입문 리모컨을 누르자 철문이 옆으로 서서히 열렸다. 차를 움직이면서 습관적으로 백미러를 흘깃 보았다. 차 꽁무니에 낯선 차 한 대가 바짝 붙어 밀듯이 따라 들어왔다. 문이 열리고 닫히는 시간이 꽤 길어 가끔은 나도 다른 차 뒤를 따라 드나들곤 하므로 대수롭지 않게 여겼다. 소매 깃으로 스며드는 바람결이 소소했다. 밤 기온이 뚝 떨어진 모양이었다. 딸아이를 콘도로 올라가는 뒷문 앞에다 먼저 내려주었다. 수업의 모든 필기나 자료가 든 노트북의 무거운 가방과 상패에 축하 꽃다발까지 짐이 많았다.

　　우리나라와는 달리 콘도라고 부르는 아파트 한 동의 건물이 꽤 길어서 집으로 올라가는 뒷문이 여러 개 있었다. 차고에서 집으로 올라가는 뒷문까지의 거리가 꽤 멀었다. 딸의 옷차림이 추워 보여서 주차할 동안 잠시 출입문을 닫고 안에서 기다리라고 했다.

　　다시 차를 움직이다 보니 아까 뒤에 따라 들어왔던 하얀 차가 입구

쪽에 서 있었다. 신경이 약간 쓰였으나 차고 앞으로 가서 잠시 차를 세우고 자동차 콘솔 박스에 있는 열쇠를 찾아 내렸다. 셔터에 달린 바닥의 자물쇠를 열고 두 손으로 끙끙대며 밀어 올리자 드르륵 거친 소리를 내며 열리다가 중간에 걸려 멈췄다. 껑충 뛰어 문을 쳐올리자 덜커덩거리며 다시 올라가 완전히 열렸다.

손바닥에 묻은 먼지를 털며 돌아서는데 하얀 승합차가 훅 달려들었다. 발등이 치일 것 같아 뒤로 재빨리 물러나며 사라진 차의 꽁무니를 흘겨보았다. 세워두었던 차로 가자 운전석에 웬 사람이 앉아 있었다. Chi SEI?(누구세요?) 목소리가 저절로 커졌다. 운전석의 침입자는 냅다 내 어깨를 밀었다. 비틀대며 본능적으로 침입자의 팔을 잡아 끌어내며 소리를 질렀다. Fuori, fuori!(나가, 나가!) 나의 외침은 허공에 흩어지면서 다시 강하게 밀렸다. 침입자를 끌어낼 모든 가능성을 타진하느라 무서움도 잊은 머릿속은 복잡했다.

침입자는 내가 손을 활짝 펴도 잡히지 않을 정도로 어깨가 넓고 단단한 30대 젊은 남자였다. 호신술에서 배웠던 대로 검지와 중지로 눈을 공격해보려 해도 각도가 나오지 않았다. 나는 운전대를 잡은 침입자의 손가락을 사력을 다해 하나씩 뜯어냈으나 문어 빨판처럼 더 강하게 움켜쥐며 오히려 어깨로 거칠게 나를 밀었다. 그래도 악착같이 파고들며 상대를 끌어내자 상체가 조금 딸려 나오며 조수석에 있는 내 가방이 보였다.

Mia borsa!(내 가방!) 소리치며 손을 뻗었다. 그러느라 상체가 차 안으로 들어가자 침입자는 오히려 나를 조수석으로 욱여넣으려 했다. 가방 말고 Mio documento!(내 서류!) 한국 말이 섞여 나갔다. 공포심에 몸을 뒤로 빼는데 침입자의 밀어내는 힘까지 가해져 땅바닥에 패대기쳐졌다. 바닥에 나동그라졌던 내가 무슨 힘으로 벌떡 일어났는지 모르겠다. 차 문이 닫히고 엔진 소리가 들렸다. 만약 그 차가 내 것이었으면 그쯤에서 포기했을지도 모른다. 그러나 나 때문에 남편의 회사에 막대한 손해를 끼칠 수는 없었다. 절대로 빼앗기지 않겠다는 일념으로 나는 운전석 쪽 문 손잡이를 움켜잡았다. 순간 차는 출발했고 몸이 사정없이 끌려가다 붕 딸려 올라갔다. 이러다간 죽겠다 싶어 손잡이를 놓는 순간 바닥으로 추락한 몸뚱이가 떼굴거리다 무릎이 거친 바닥에 긁히며 팔꿈치와 손목도 뜨끔거렸다. 차는 이미 출구를 빠져나가고 있었다. 아픔보다 무력감에 치가 떨렸다. 인정하기 싫은 현실이 땅바닥에 상실감으로 붙어 꿈쩍하지 않았다.

Aiuto!(도와주세요!)⋯⋯

마침 차고로 들어오다 차를 급정거시킨 이웃의 안젤라가 달려왔다. 그녀가 놀라 괜찮으냐며 나를 일으켰다. 차를 빼앗긴 거냐고 묻더니 경찰에 전화하고 구급차를 불렀다. 출입구 유리문을 밀고 나온 딸아이는 놀란 건지 추운 건지 턱을 덜덜 떨고 있었다. 무슨 일이냐고 묻는 딸아이에게 엄마가 넘어져 병원에 가야 하니 할아버지 할머니께 올라가 있으라고 했다. 밤 9시가 넘은 시간이었다. 딸아이는 아무것도 모르고 있다가 시간이 너무 걸려 나와보던 참이었다. 치마를 입고 있어 내 무릎을 보지 못한 채 순순히 집으로 올라갔다. 딸아이를 올려보내고 회사 담당 직원에게 전화를 걸어 자초지종을 설명했다. 그러는 동안 경찰차가 도착했다. 경찰에게 직원을 바꿔주고 마침 달려온 구급차에 안젤라와 대원들의 부축을 받으며 올랐다. 조명 아래서 보니 신발 속에 피가 흥건했다. 치마를 올리고 찢어진 스타킹을 걷어내다 보니 무릎뼈가 언뜻 하얗게 보였다. 피가 솟구치는 무릎에 얼음팩을 대자 형용할 수 없는 통증과 함께 나는 그만 기절하고 말았다.

　안온했다. 따뜻한 욕조에 몸을 담근 듯 온몸이 노곤하게 풀리며 기분이 좋았다. 빵을 굽는 듯한 구수한 냄새와 갓 볶은 커피를 내린 듯 기분 좋은 냄새가 감돌았다. 깜깜한 가운데 슬라이드 영상이 돌아가는 듯 느닷없이 장면들이 나타났다 사라지기를 반복했다.

　해당화 꽃밭에서 언니들과 얼굴 가득 함박웃음을 띤 댕강 머리 소녀가 보였다. 상장 같은 종이를 들고 입을 삐죽대고 있는 초등학생이 보였고, 하얀 칼라 교복을 입은 여중생이 환하게 웃으며 김밥을 먹고 있는 장면이 보이는가 하면 졸업식 꽃다발을 들고 환호하는 여고생이 보였다. 첫 미팅인지 고개를 갸웃하고 부끄러운 듯 미소 짓고 있는 여대생이 나타나더니, 밤하늘을 보며 웃고 있는 청혼을 받은 날의 내 모습이 보이고, 첫아이를 안고 기쁨에 눈물 흘리며 웃고 있는 내 모습이 한 장면씩 지나갔다.

　산통을 깨듯 청각 검사실의 삐― 하는 소리가 들리면서 영상이 사라졌다. 다시 암흑 속에서 삐삐― 삐비빕 ―― 츠츠츠 하는 소리가 들리더니 "서… 생각… 하… 야죠." 모깃소리처럼 앵앵거리는 가늘고 높

은 소리가 났다. 뭐라는 거지? 조각조각 흩어지는 소리에 귀를 기울이
자 마침내 문장이 들렸다. "서희를 생각하셔야죠!" 맞아, 우리 딸! 아직
은 내가 돌봐줘야 하는 미성년자인데!

생각이 그렇게 미치자 차가운 냉기가 훅 몸에 끼쳐왔다. 보이는 건
아무것도 없는데 급류에 휩쓸리는 강물을 가시덤불에 긁히며 거슬러
오르는 아픔이 느껴졌다. 차가운 물은 몸을 자꾸만 뒤로 잡아당기는데
간신히 전진하고 또 전진했다. '아야 아야야, 아얏!'

얼얼한 뺨을 감싸 쥐며 눈을 번쩍 떴다! 눈이 부시고 검은 실루엣
이 보였다. 계열사 주재원 부인인 쌍둥이 엄마가 내 뺨을 사정없이 후
려치며 울부짖고 있었다 "사모님, 사모니—임! 서희를 생각하셔야죠
—오!" 평소 후배처럼 아끼던 사람의 얼굴이 바로 코앞에 있었다. "아
파…… 왜 이래요?" 침대에서 상체를 벌떡 일으켰다. 허리에 철판을 덧
댄 듯 뻣뻣하고 둔탁한 아픔이 엄습했다. 한 동네 주재원 부인들은 나
를 빙 둘러 에워싸고 있다가 주춤 뒤로 물러섰다.

다행히 뼈는 괜찮다고 했지만 나는 일어설 수가 없었다. 왼쪽 무릎
으로 묵직한 통증이 몰려왔다. 오른쪽 팔목과 왼쪽 팔꿈치도 쑤시고
아팠다. 의사가 달려와 진통제를 주사했지만, 계속 아리고 욱신거렸
다. 시계를 보니 새벽 1시였다. 나는 집으로 가겠다고 했다. 모두가 말
렸지만, 남편도 없는 집에서 영문도 모르고 걱정하고 계실 부모님과
딸아이를 생각하니 병원에 누워 있을 수가 없었다. 시간이 늦었으니
이웃 부인들을 먼저 집으로 돌려보냈다. 담당 직원의 연락으로 병원에

서 대기하던 남편 회사 현지 채용인이 데려다주어 가까스로 집에 돌아왔다. 병원은 가까웠으나 의사는 혹시 또 쇼크가 오면 바로 전화하라고 비상 전화번호를 적어주었다.

집에 도착하자 부모님은 놀라 뛰어나오셨다. 딸아이는 병원 가운에 가렸던 붕대에 감긴 다리를 보더니 놀라며 엄마 곁을 지키겠다고 했다. 통증에 잠이 깬 건 새벽이었다. 진통제를 먹으려고 일어서려다 푹 고꾸라지고 말았다. 1톤쯤은 되는 피가 일시에 다리로 쏟아져 내렸다. 딸아이가 내 비명에 놀라 깨서 가져온 진통제를 삼켰다. 통증은 잦아들지 않는데도 아침은 밝아왔다. 겨우 아이를 학교에 보내고 상처 부위를 소독하려고 붕대를 푸는데 방으로 들어오시던 부모님이 방바닥에 털썩 주저앉았다. 벌통처럼 부어오른 다리의 상처는 내가 보기에도 끔찍했다.

딸이 우등상을 받는다고 아침을 먹으며 말했다. 저녁 7시에 시상식이 있으니 방과 후 학교에 있겠다고 했다. 딸아이가 다니던 이탈리아 아메리칸 스쿨은 저녁에 시상식을 했다. 온 가족이 참석하는 축제였다. 부모님은 기특하다는 듯 외손녀의 머리를 쓰다듬으시며 몹시 기뻐하셨다. 두 분께 함께 가자고 했더니 복잡하고 낯선 이국이라서 집에 계시겠다고 했다. 부모님은 밀라노 듀에의 우리 집에 방문 중이셨다.

내 차는 정기 점검차 정비소에 들어가 있었다. 남편은 출장 중이어서 차고에 세워져 있는 남편의 회사 차를 빌려 학교에 갔다. 행사를 마치고 우리 집인 콘도 아르키에 도착했다. 이탈리아는 아파트를 콘도라고 불렀다. 숫자로 몇 동 하는 한국과는 달리 콘도마다 이름이 있었다.

직원들에게 출장을 간 남편에게는 알리지 말라고 했지만, 아무것도 모르고 돌아와 이 사태를 보면 뭐라고 할지 걱정이었다. 내가 아픈 것은 둘째 치고 차를 빼앗겼으니 회사에 끼친 손해는 또 어떻게 해야 할지 막막했다. 사흘 후 밀라노에서 한 시간 거리에 있는 바레세 경찰서에서 차를 찾았다는 연락이 왔다. 다행이라는 생각도 잠시, 차를 강탈해 도주하던 침입자들이 경찰의 총격을 받고 스위스 국경 근처에 차를 버리고 달아났다는 것이다. 사진을 보니 차는 총상을 입어 다른 차 같았고 트렁크에는 낯선 도구들이 가득했다. 그러나 다행인 것은 차를 빼앗기며 증명서들을 돌려달라고 외쳤던 내 절규를 들었는지 운전석 발판 아래 카드와 신분증이 있었다. 물론 가방과 지갑은 없었다. 출장에서 돌아온 남편은 다친 다리를 보고 한동안 말을 하지 못했다. 회사차가 보험에 들어 있었는데 왜 그랬냐고 안타까워했지만 그 말에 나는 아픈 것도 잠시 잊고 마음이 놓였다.

3개월 동안 제대로 걷지 못했던 나는 무릎에 피어오르는 핏방울을 보며 거의 매일 살이 찢기는 아픔을 견뎌야 했다. 무릎의 살이 굳지 않도록 무릎을 올리고 내리는 재활치료는 나에게 너무도, 너무나도 필사적인 일이었다.

너무도 필사적인

관행을 깨고

남편이 부임하기 전에 있었던 일이다. 10년 간 휴대폰 사업을 책임지고 있던 이탈리아인 현지 채용인과 남편의 회사 이탈리아 법인 사이에 문제가 생겼다. 남편이 일하는 회사는 정도 경영을 원칙으로 하는 조직이다. 그런데 그 책임자는 휴대폰을 구매하는 이탈리아 특정 통신사 담당 임원들에게 과도한 금품을 제공하고 향응을 베푸는 관행적인 사업을 해나갔다. 남편은 그 사람 비유하기를 조선시대 권신인 한명회 같다고 했다. 정도를 걷지 않고 관행적으로 일하는 잔꾀가 많은 사람이라는 것이다. 관행은 오랫동안 사회 구성원들 간에 이어져 내려온 예의나 규범이다. 좋은 뜻으로 행하는 건 좋지만 오랜 시간을 거치는 동안 그 취지가 변하기도 한다. 고인 물이 썩듯이 본래의 취지와는 다른 관행이 되풀이되자 점점 사업 성과는 줄고 적자만 늘었다.

나쁜 관행은 없애야 한다고 생각한 이탈리아 법인장은 그 사람을 해고해버렸다. 관행을 바꾸려면 그동안 굳어진 틀을 흔드는 일이라 용기와 결단력이 필요하나 그보다는 현명한 해결책을 가지고 지혜롭게 바꾸어 나가는 것이 더 중요한 일이었다.

법인의 해고 조치에 자신의 억울함을 호소하는 투서를 본사 경영진에 보내는 한편 그 사람은 자신에게 금품만을 제공받고 구매를 해주지 않은 특정 통신사 임원들의 비리를 그들의 직장에 폭로해버렸다. 이탈리아 통신사가 발칵 뒤집혔고 각 통신사는 자체 조사 끝에 당사자들을 모두 경질했다. 이번에는 통신사 임원들이 자신들을 경질한 직장을 상대로 법적 대응을 하는 등 사태가 복잡해졌다.

본사에서는 휴대폰 책임자의 투서를 받고 자체 조사한 결과 본사와 조율하지 않고 그 사람을 해고한 것은 법인의 잘못이라고 판단했다. 본사 경영진의 지시에 법인장은 꼼짝없이 그 사람을 다시 복직시켰다. 결과적으로 이탈리아 통신사들은 남편의 회사가 부패한 기업이라며 휴대폰 사업을 아예 중단해버렸다. 복직은 했으나 회사 내에서 이미 신임을 잃은 휴대폰 책임자의 지시를 따르는 사람은 아무도 없었다. 게다가 본사의 휴대폰 경영진까지 바뀌자 결국 스스로 물러나고 말았다. 그러는 동안 이탈리아 통신사 시장은 다른 기업의 휴대폰들이 다 차지해버렸다.

해결의 기미가 보이지 않자 본사는 네덜란드에서 성과를 많이 낸 남편을 이탈리아 법인에 발령을 냈다. 부임한 남편에게 가장 큰 난제는 공석인 휴대폰 책임자 자리에 마땅한 사람이 없는 것이었다. 거기다 본사 경영진에서 새로 천거한 인물은 그 일을 맡기에는 나이가 많았다. 그러나 마땅히 다른 적임자가 없으니 채용할 수밖에 없었다.

남편은 이탈리아 통신사들을 직접 방문하기 위해 밀라노에 있는 사무실에서 매주 로마로 갔다. 만나주지도 않는 통신사 임원들의 냉대와 말단 직원의 시큰둥한 반응에도 불구하고 꾸준히 신제품들을 소개해 나갔다. 동행은 했으나 나이가 많은 신임 휴대폰 책임자는 말 한마디 없이 옆에 앉아 있다가 돌아오기를 반복했다. 남편은 굴하지 않고 매주 통신사들을 찾아가는 한편 새로운 휴대폰 사업의 적임자를 꾸준히 찾아 나섰다. 마침내 IT 쪽에서 일하고 있는 유능한 인재를 발탁해서 그 자리에 앉혔다.

남편은 새로 임명한 책임자와 문제를 하나씩 해결해 나갔다. 그 나라의 관행을 거스르지 않는 선에서 유연한 사업 수완을 발휘하며 새 책임자는 남편과 호흡이 잘 맞았다. IT 분야의 일을 할 때 통신사에 PC를 판매했던 터라 인맥이 닿았다. 성실했던 그 사람의 전력을 인정한 직원들의 도움으로 남편은 통신사 임원들을 만날 수 있었다. 남편을 만난 통신사 임원들은 책임감 있어 보이는 남편의 사업 태도에 물건을 조금씩 받아주기 시작했다.

남편은 과감하고 지혜롭게 본사의 관행을 깨나가며 이례적으로 경영진과의 만남을 주선해가며 그들의 요구를 충족시켜주었다. 만족한 통신사들과의 신뢰가 회복되자 판매율이 급속도로 늘어갔다. 호재에도 불구하고 이번에는 통신사의 법률 고문단들이 전임 이탈리아 법인장을 대신해 남편에게 자사 임원들과의 법적 대응에 대한 보상을 요구해왔다. 남편은 불법적인 요구를 단호히 거절했다. 그러나 유연성을 가지고 사업을 해나가면서 합리적인 방법으로 해결해 나가자고 그들을 설득했다.

　좋은 일 뒤에는 늘 궂은 일이 따라오기 마련이었나 보다. 고문으로 물러앉게 된 나이 많은 전 휴대폰 책임자가 남편을 모함하기 시작했다. 나는 모진 바람 앞에 서게 된 남편을 도와 본사 경영진에 보내는 메일을 쓸 때 객관적 시각을 확보할 수 있도록 조언했다. 우리가 보낸 메일을 읽은 본사 경영진은 출장자를 보내 사실 여부를 재차 확인하고 남편에 대한 진실을 확인했다. 그 결과 더 굳건히 사업을 지원하기 시작했다.

　회사에서 직원들과 함께 살다시피 일하던 남편은 드디어 2년 만에 이탈리아 법인의 적자를 해결했다. 남편은 고생하며 이룬 업적을 항상 직원들의 공로로 돌렸다. 휴대폰 사업에서도 경쟁사 제품을 누르고 매출을 성장시켜 숙원이었던 흑자 전환을 이루어낸 것이다. 험난한 가시밭길을 꿋꿋하게 헤치며 성공 신화를 이룩한 남편은 승진이 되어 다시 본사로 발령이 났다. 이탈리아 법인을 영광스럽게 떠날 수 있었던 배경에는 어려움을 함께 극복해나가며 한결같은 마음으로 일해준 직원들의 수고와 노력이 있었기에 가능했음을 우리는 늘 기억하고 있다.

네 번째 하늘 **브라질**

2013~2014

집에서 이웃들이 가져다준 음식을 데워 간단히 저녁을 먹고 발코니로 나갔다. 긴 야자수들이 하늘을 향해 질주하는 듯한 풍경이 시원했다. 넝쿨식물이 야자수를 휘감아 올라 생명력을 뿜어내며 위로, 더 위로 하늘에 얼굴을 내밀듯 꽃을 피워 올렸다. 태양빛을 담은 붉은 꽃을 보며 그 에너지를 받고 싶어 하염없이 바라보았다. 남편이 다가와 어깨를 두 손으로 누르니 눈물이 찔끔 나오도록 아팠다. 온몸이 아프지 않은 데가 없었다. 사고 후유증은 생각보다 끈질기게 나를 따라다녔다.

어디선가 향긋한 꽃내음이 바람에 실려왔다. 붉은 꽃의 향기가 여기까지 날아 오진 않았을 테고 둘러보니 발코니 아래 하얗게 치자꽃이 피어 있었다. 걷고 싶다고 남편에게 말했다. 꽃향기에 이끌리듯 주민 공동 구역인 클루비(브라질어로 '클럽') 쪽으로 천천히 걸었다. 식당과 카페 그리고 헬스클럽과 수영장을 지나는데 크러럭 까악 크러럭 하는 소리가 들렸다. 소리 나는 곳을 바라보니 발레와 요가 강습을 하는 방 창가 높은 곳에 공작새들이 줄지어 앉아 있었다. 공작새들은 낮에 수영장 주변에서 아이들이 주는 비스킷이나 빵조각을 받아먹으며 사람들과 친숙하게 어울렸다.

클루비를 지나 호숫가 쪽으로 더 걸어갔다. 이번엔 꾸엑 꾸엑 소리를 앞세우며 흑조 두 마리가 미친 듯이 물 위를 철벅거리며 달려왔다. 우리가 빈손을 털자 시치미를 뚝 떼고 수면 위를 미끄러지듯 멀어져갔다. 그런 흑조들의 모습이 시트콤의 한 장면 같아 웃음이 저절로 났다. 웃음 때문인지 통증이 다소 가라앉았다.

풀밭에서 뛰어노는 귀엽고 사랑스러운 토끼들이 보였다. 꼬리를 말고 동그랗게 등을 웅크린 고양이가 하품하며 종종걸음으로 새끼들을 줄 세워 데리고 가는 엄마 오리를 보고 있었다. 꿱꿱 시끄러운 소리를 내며 이번엔 거위들이 앞다투어 지나갔다. 동물들과 함께 자연스럽게 살도록 꾸며진 아파트 단지가 신기하기만 했다. 한국 주재원들이 이곳에 모여 사는 이유를 알 것 같았다. 평화로운 단지 안의 분위기가 바깥의 불안한 치안을 잊게 해주는 곳이었다.

집을 보러 왔을 때 단지 입구에 총으로 무장한 경비들을 보고 놀랐었다. 브라질에서는 아파트를 콘도미니오라고 불렀다. 내가 살던 곳은 콘도미니오 빌라지오 파남비(Condominio Villaggio Panamby)였는데, 15개의 동이 있는 대단지 아파트였다.

브라질로 이사해 짐 정리가 채 끝나기도 전에 초대하지 않은 손님처럼 반갑지 않은 증상들이 찾아왔다. 이탈리아에서 차를 강탈당했던 사고의 후유증이었다. 마치 금이 간 도자기처럼, 더운 날씨 탓에 여기저기 염증이 생기고 통증이 몰려왔다. 오른쪽 손목은 부엌칼조차 쥘 수가 없었고, 왼쪽 팔꿈치는 들어 올려지지도 않았다. 팔을 제대로 쓸 수가 없으니 요리는 물론 갖다주는 밥을 데워 먹기조차 힘들었다. 허리 통증은 의자에 앉기도 두렵고 누우면 고관절부터 발꿈치 뒤까지 저렸다. 몸을 가누기도 힘든 날들이 이어졌다. 건강 상태가 부실한 총괄 부인을 맞이한 주재원 부인들이 얼마나 불편했을지…….

띵— 똥! 벨이 울려 나가보면 정성껏 만든 음식과 쪽지가 얌전히 놓여 있었다. 이웃 주재원 부인들의 따뜻한 마음이었다. 우리가 살던 아파트는 한 층에 하나뿐인 아파트 현관문이 승강기였다. 심하게 아파 몸져누운 것을 어떻게 알았는지 죽을 끓여 와 현관문에 매달아놓고 가기도 했다. 가장 힘들고 괴로운 날들을 하루하루 버틸 수 있게 해준 응원 같은 이웃의 정성이 눈물 날 정도로 고마웠다.

매주 화요일에 아파트 입구에서 페이라 장마당이 열렸다. 우리나라 직거래 장터처럼 농부들이 직접 재배한 과일과 채소를 팔았다. 덤을 듬뿍 주는 것 또한 장마당의 매력이었다. 페이라에서 가장 인기 있는 곳은 단연코 사탕수수즙을 파는 파라솔 아래였다. 빙글빙글 돌아가는 압착기로 사탕수숫대에서 짜낸 초록색 즙은 비릿한 풀냄새를 풍겼다. 그러나 브라질 한낮의 더위를 식혀주며, 오수로 감기던 눈이 번쩍 뜨일 만큼 달콤했다. 줄을 길게 서 있는 곳에 가보면 파스테우를 팔았다. 고기나 새우를 채소와 다져 만든 소를 밀가루 반죽에 듬뿍 넣어 튀긴 것이었다. 하나만 먹어도 배가 부를 정도로 크고 맛있었고 한국의 튀김만두 같기도 했다.

페이라가 열리면 그동안 고마웠던 부인들을 불러내 사탕수수즙과 파스테우를 사고, 채소와 과일도 사서 나눴다. 부인들은 손사래를 치며 물러났지만, 나는 그렇게라도 고마운 마음을 갚고 싶었다. 몸이 회복되는 기간이 더디어 페이라만으로는 부족했다. 그동안 내가 사준 식재료는 요리되어 오롯이 우리 집으로 되돌아오고 있었다.

부인들의 수고를 조금이라도 덜어주려고 식당으로 초대해 점심을 같이 먹었다. 치안 때문인지 한국 식당은 철문을 덧대어 잠그고 있는 곳이 많았다. 도착해서 벨을 누르면 예약을 확인하고 나서야 문을 열어주었다. 한국 식당은 현금을 노리는 강도 사건이 잦아서 그렇다는 말을 듣자 누군가 뒤에서 불쑥 들이닥칠 것 같아 밥을 먹는 내내 편하지가 않았다.

브라질 현지 식당은 주로 가볍게 식사할 수 있는 브런치 카페로 갔다. 아이들의 진로 문제를 걱정하던 모 기획사 주재원의 부인이 안내했던 카페 옥타비아에서 브런치를 먹으며 함께 고민을 풀어나갔다. 나는 동기 부여 강사를 몇 년 했던 경험을 살려 진지하게 조언해주었다. 내부 장식이 편안한 카페는 특히 신선한 커피가 인상적이었는데, 직접 경작하는 커피 농장에서 원두를 가져왔다고 했다. 주재원 부인들이 가장 좋아했던 해산물 스튜 모케카는 식당 코코밤부가 최고였다. 아이들의 고민을 해결했다는 소문이 카페에서의 식사 이후 났던지 주재원 부인들이 나에게 여러 가지 상담을 해왔다. 나는 식사를 내면서 부인들

과 허심탄회하게 가정사와 아이들의 문제를 의논했다. 그나마 내가 할 수 있는 역할이 있어서 행복한 시간이었다. 늘 나를 괴롭히는 통증을 감당하며 긴장감 속에서 살아야 했던 브라질에서의 생활이었지만, 치자꽃을 보면 상파울루에서 용기를 북돋아주었던 이웃들의 향기가 떠오른다.

치자꽃 향기

기사님, 우리들의 기사님

"미세스 리, '용갈닝'이 뭐예요?" 남편의 차를 운전하는 기사가 나에게 물었다. 용갈닝? 나는 의아해서 그를 바라보았다. 회사 사람들이 남편을 그렇게 부르는데 그 말이 무슨 뜻인지 궁금하다고 했다. "아! 총괄님!" 나는 한참을 웃었다. 브라질 사람인 가브리엘의 귀에는 총괄님 하는 부름이 용갈닝으로 들렸던 모양이다. 무슨 용가리 통뼈도 아니고 용갈닝이라니……

남편이 중남미 총괄을 담당하던 때의 운전기사가 가브리엘이었다. 브라질은 조혼하는 나라여서 40대 초반인 가브리엘은 딸을 셋이나 둔 아빠였다. 들어보니 결혼 과정이 각별했다. 어렸을 때부터 가브리엘은 한동네에 흠모하던 누나가 있었다. 그런데 혼자 짝사랑만 하면서 애태우고 있는 동안 그 누나는 다른 남자와 결혼해 동네를 떠났다. 낙심한 가브리엘은 달을 보며 한없이 울었다. 시집간 누나도 갑돌이 같은 가브리엘을 잊을 수 없어 갑순이처럼 밤마다 울었다. 막상 결혼해보니 시댁이 너무 가난했고 신랑은 살갑지도 않아 고향에 두고 온 가브리엘

166

이 사무치게 그리웠다. 그래서 이혼했다.

이혼 후 예쁜 딸 하나를 데리고 다시 친정으로 돌아온 그녀를 보고 가브리엘은 여신을 영접한 듯 기뻤다. 용기를 내어 구혼해 결혼한 두 사람 사이에 딸 둘이 더 태어나 모두 셋이 되었다.

명랑 청년 같은 가브리엘은 딸 셋을 모두 훌륭하게 키우려면 미국에 유학을 보내야 한다고 열심히 일했다. 아이들이 성공해서 잘 사는 걸 보는 게 자신의 꿈이라고 했다. 본사에서는 출장 손님이 주말에도 많기에 수당이 많다고 일하며 즐거워하는 가브리엘을 남편이 더 고마워했다. 순애보가 남다른 결혼을 하고 아이들을 위해 기꺼이 즐겁게 일하는 젊은 아빠의 모습은 내가 보아도 감동스러웠다.

성실하고 착한 성품을 지닌 가브리엘은 운전뿐 아니라 우리 집의 어려운 일까지도 시원하게 해결했다. 빈번한 해외 이사로 전기 플러그가 잘 맞지 않을 때가 많았다. 하루는 그 플러그를 잘라서 고쳐주다가 손을 다쳤다. 피를 많이 흘려 나는 매우 놀랐다. 응급처치는 했으나 걱정스러워 병원비를 주며 제대로 치료받으라고 했다. 며칠 후 병원은 다녀왔느냐고 묻자 뼈를 다친 것도 아니고 사모님이 정성껏 치료해주셔서 벌써 나았다고 웃었다. 그 돈마저도 아끼는 것 같았다.

브라질은 빈부의 격차가 심하고 치안이 불안한 나라였다. 부자들은 정체가 심한 도로를 피해 헬기로 아이들을 학교 옥상으로 등교시키는 반면, 빈민촌의 아이들은 가족들의 한 끼를 구하기 위해 목숨을 걸었다. 우리나라 달동네 같은 빈민촌을 파벨라(Favela)라고 했다. 너무 가난한 사람들은 마약을 밀거래하며 생활했다. 강도 사건도 빈번하게 일어

기사님, 우리들의 기사님

났다.

나는 남편이 이탈리아의 주재원으로 있을 때 당한 강도 사고 후유증에 계속 시달리며 몸이 아파 통원 치료를 받고 있었다. 하루는 남편이 출장을 가서 가브리엘이 쉬어도 되는 날이었다. 그러나 가브리엘은 남편에게 나를 병원에서 데려오겠다고 제안했다. 그런데 물리치료를 받고 만나기로 한 대기 장소에 가브리엘의 차가 보이지 않았다. 불안한 마음에 휴대전화를 꺼내 전화를 걸려다가 누군가 소리치는 바람에 깜짝 놀랐다. 길에서 전화하다가는 소매치기에게 휴대폰을 뺏긴다면서 어서 건물 안으로 들어가라고 지나가던 한국인이 큰소리로 야단을 친 것이다. 주춤거리며 병원으로 다시 들어가는데 하얗게 핏기가 가신 얼굴의 가브리엘이 급히 차를 몰고 나타났다. 서둘러 차를 타고 출발한 후에야 왜 늦게 왔느냐고 물었다.

조금 전 차를 세우자, 운전석 옆 유리를 톡톡 두드린 사람이 나타났다고 한다. 총을 든 강도였다. 총구에 놀라기도 했지만, 나를 차에 태웠다가는 모두가 위험할 수 있어 무조건 그 자리를 피했다는 것이다. 회사 업무용 차는 모두 방탄유리를 끼우고 있었다.

때를 맞추기라도 한듯 스콜이 무지막지하게 쏟아져 내렸다. 가브리엘이나 나는 그 비가 차라리 안전하게 느껴질 정도였다. 빗속에서 강도가 총을 다시 들이대지는 않을 것 같았다. 만약에 나 혼자 병원에 왔다가 거리에서 권총 강도를 만났다면 어떻게 됐을까?

나는 아픔을 가중하는 불안과 초조 속에서 빠져나오고 싶었다. 남편이 업무에 충실할 수 있도록 내조에 힘쓰기 위해서도 먼저 건강을 회복하고 싶었다. 텔레비전에서 삼바 춤을 보니 정열적인 에너지가 마음에 와닿았다. 건강하려면 즐겁게 살자는 생각에 브라질 고유 춤인 삼바를 배워보기로 했다. 가브리엘이 봉혜찌로 한인타운에 있는 삼바 학원을 알아보고 등록하는 것도 도와주었다. 상냥한 일본인 여성 원장이 운영하는 삼바 학원은 아담하고 쾌적했다. 삼바는 커플 댄스가 기본이었으나, 나는 혼자서 추는 솔로 삼바의 매력에 흠뻑 빠졌다. 춤을 따라 하며 몸을 움직이자 열정적인 음악과 리듬 그리고 에너지로 인해 굳었던 몸이 풀리기 시작했다. 나를 괴롭히던 통증에서 조금씩 벗어나며 일상의 리듬을 찾아갈 수 있었고 브라질 사람들 고유의 남미 열정도 이해할 수 있었다.

늦은 시간까지 야근이 많아지자 남편은 가족처럼 살가운 가브리엘이 기다림에 지쳐 피로가 누적될까 봐 염려했다. 가브리엘은 오히려 보스가 회사를 위해 늦게까지 일하는 것에 충성심이 저절로 생긴다면서 야근 수당까지 두둑하게 받으니 감사하다고 했다. 남편은 그런 가브리엘을 더 아꼈다.

한국에서 대학에 다니던 딸아이가 방학 때 우리 집에 오면 가브리엘은 세심한 관심을 기울였다. 딸아이의 말에 남편이 즐거워하는 걸 기억해둔 모양이었다. 딸이 돌아가고 남편이 피곤해 보이면 딸아이의 성대모사를 해서 기분을 풀어주는 감성도 있었다. 흉내 내는 말의 뜻은 알고 하느냐고 했더니, 무조건 좋은 걸 거라고 능청을 떨어 남편을 더

웃겼다. 가브리엘이 흉내 낸 말은 "아빠, 안 돼애—!"였다.

남편이 버리기 아까운 양복을 물려주면 아이처럼 좋아하던 가브리엘의 모습이 눈에 선하다. 가족처럼 가브리엘을 아꼈던 남편은 훤칠한 외모가 양복 때문에 한결 돋보인다며, 너무 잘 어울려 내가 입을 걸 괜히 줬네라고 농담도 했다. 열심히 일한 만큼 수입이 좋아져 큰 집을 사서 이사 가게 되었다며 가브리엘이 우리를 초대했다. 가장 고마운 두 분과 기쁨을 함께 나누고 싶다며 싱글벙글이었다. 가브리엘은 유난히 아끼는 첫째가 가장 좋아한다며 행복해했다. 우리도 설레는 마음으로 가브리엘의 입주를 기다리는데, 남편이 그만 러시아로 발령 났다. 서운해서 발걸음이 떨어지질 않았다.

우리가 떠난 후 새 집으로 이사한 후 가브리엘은 러시아에 있는 우리에게 휴대폰으로 안부를 전하며 사진을 보냈다. 사진 속 행복한 표정의 가브리엘 가족은 모두가 남미의 태양처럼 빛나고 있었다.

　　이웃 주재원 부인과 나는 일부러 수더분한
복장으로 카드 한 장과 장바구니만 들고 장을 보러 가는 길이었다. 골
목 어귀에 있는 전봇줄에 운동화가 높이 걸려 있었다. 누가 던져서 저
렇게 높이 걸쳐놓았을까 중얼거리자 동행하는 부인이 화들짝 놀라며
서둘러 지나가자고 했다. 저렇게 걸려 있는 운동화는 마약을 판매하는
표식이라고 했다. 그 말에 가슴이 철렁 내려앉으며 저절로 손이 오그
라들었다.

　　브라질에서 마약을 판매한다는 표식은 빨강, 파랑, 노란색의 작은
봉투나 종이를 길거리나 공공장소에 뿌려놓은 것이었는데 다행히도
사는 동안 한 번도 보지 못했다. 지레 겁을 먹고 놀랐던, 운동화를 걸
어 마약이 있다는 표식을 하는 건 미국이나 아르헨티나였다. 브라질의
경우는 걸린 운동화가 갱단의 영토 경계였다. 마약 판매든 갱단이든
무서운 건 마찬가지여서 말만 들어도 오싹했다.

　　세상 어느 곳이든 범죄가 있고 빈부의 격차도 존재하지만, 그 정도

가 브라질 경우는 심했다. 우리가 살던 아파트 바로 옆에 '파벨라'로 불리는 빈민촌이 있었다. 다닥다닥 붙여 지은 집이 멀리서 보면 마치 흐드러지게 핀 꽃 같다고 해서, 또는 빈민촌에 흔히 피는 꽃 이름이 파벨라인 것에서 유래했다는 말도 있었다.

처음 브라질에 도착해 파벨라를 보았을 때 촘촘히 붙여 지은 집들에 울긋불긋 페인트를 칠해놓아 마치 예술가의 설치작품인 것처럼 보였다. 그러나 안으로 들어가 보면 고단하고 배고픈 삶이 있었다. 외면으로 보이는 모습과 그곳 사람들의 실제의 삶은 상상할 수 없을 정도로 차이가 났다.

혁명가 호세 마르티는 게으르지도 않고 성질이 고약하지도 않은 사람이 가난하게 살고 있다면 그곳에는 불의가 있다고 했다. 단지를 벗어나 마트에 장을 보러 갈 때면 전깃줄에 걸린 운동화가 나에게 그 물음을 던졌다. 브라질어를 공부하며 본 영화가 하필 리오데자네이루의 빈민가에서 일어났던 실화를 담은 영화 〈시티 오브 갓(City of God)〉이었다. 1960년대에서 1970년대를 다루고 있는데, 어린아이들조차 범죄에 노출될 정도로 폭력이 일상인 어두운 빈민가의 현실을 여실히 보여주고 있었다. 극심한 빈민가의 아이들은 쓰레기 더미 위에서 살면서 갱단의 일원이 된 뒤 잔인한 영역 다툼의 희생양이 되어 죽어갔다. 경찰마저 폭력에 제대로 맞대응하지 못해 주민들을 공포 속으로 몰아넣었다. 빈곤과 사회적 불평등이 얼마나 위험한 폭력이 될 수 있는지를 제대로 보여준 영화였다. 파벨라의 혼잡하고 좁은 골목들에 있는 오래되고 남루한 건물을 통해 그 절망적 빈곤을 확인할 수 있었다.

브라질은 우리나라를 기점으로 지구의를 쿡 찌르면 반대편에 있는 나라이다. 한국에 있는 우리 집을 떠나 브라질 집 앞에 도착하려면 비행기를 두 번 갈아타고 가느라 30시간이 넘게 걸렸다. 지구상에서 가장 먼 나라인 브라질의 상파울루에서 내가 살게 될 줄은 정말 몰랐다. 어린 시절 밥상머리에서 젓가락과 수저의 끄트머리를 쥐고 밥을 먹는 나를 보면 저 애가 나중에 얼마나 멀리 떨어져 살려고 저러는지 모르겠다고 하시던 엄마가 생각났다. 언젠가는 브라질에서 살아갈 운명이라서 그렇게 젓가락질을 했던 것인지 모를 일이다.

브라질 하면 정열적인 삼바의 나라 정도로 알고 있었다. 나는 남편이 네 번째 주재하게 된 상파울루에 도착했을 때 무엇보다 강렬한 태양빛에 눈을 뜨기조차 어려웠다. 수도는 브라질리아였지만 최대의 상업 도시는 우리가 살게 된 상파울루였다.

어느 정도 길을 익히고 혼자서도 장을 보러 갈 수 있게 되자 운전하고 나갔다가 돌아오는 길이 잘못되어 파벨라에 들어서고 말았다. 내비게이션은 방향을 잃고 이 길로 가라 저 길로 가라 마치 비명이라도 지르는 듯 뱅글뱅글 돌기만 할 뿐이었다. 머릿속이 하얗게 비워져가고 식은땀이 등줄기를 타고 흘렀다. 유턴을 할 수도 없는 좁은 외길에서 이러지도 저러지도 못하고 있는데 마침 트럭이 한 대 마주 내려오고 있었다. 무섬증에 온몸의 세포가 빳빳하게 얼어붙었다. 트럭 운전사가 차를 세우고 내리더니 내 차로 다가와 운전석 유리문을 톡톡 두드렸다. 사람들이 강도를 만나면 던져주고 도망치라고 조언해줘서 조수석에 항상 준비해놓은 가짜 명품 가방을 움켜쥐고 숨을 크게 들이마신 뒤 어쩔 수 없이 창문을 내렸다. 그 사람은 씩 웃으며 농 세 프레오쿠페!(Nao se preocupe!) 걱정하지 말아요! 하더니 내 차 뒤로 가서 친절하게 수신호를 했다. 오른손에 움켜쥐었던 가방을 놓고 진땀을 흘리며 후진을 하던 2분의 시간이 마치 2시간은 되는 것 같았다. 차가 골목을 빠져나올 때까지 안내해주고 보닛을 두드리며 잘 가라고 활짝 웃으며 인사를 하는 트럭 운전사에게 나는 수 없이 고맙다며 오브리가도(Obrigado)를 외쳤다. 사이드미러 속에 한참 동안 손을 흔들고 있는 트럭 운전사가 보였다.

걸려 있는 운동화를 보며 갱단 지역이라고 겁내며 재빨리 지나쳤던 그곳에도 친절하게 웃는 트럭 운전사와 그의 가족들 같은 사람들이 오순도순 살고 있었다는 사실을 알게 된 뒤부터는 이전보다 무서워하지 않게 되었다. 브라질 방송 특집을 보다가 파벨라 주민들이 폭력의 고리에서 벗어나려는 강한 의지를 보여주는 다큐멘터리에 눈이 갔다. 교육을 통해 좀 더 나은 삶을 추구하고 현실을 극복하면서 긍정적인 변화를 추구하는 활기찬 주민들에게서 나는 그들의 희망을 읽을 수 있었다.

전용기에서 내려다본 이구아수 폭포

남편이 이탈리아 주재를 마치고 한국 본사로 들어가 텔레비전 글로벌 세일즈 마케팅팀장으로 근무하던 시절 성과가 좋아 1년 빠르게 부사장으로 승진했다. 승진시키면서 회사는 남편을 매출이 저조한 중남미 총괄로 보냈다. 주재지로 떠나기 전 회장님이 주관한 저녁 식사 자리에서 매출을 두 배로 성장시키면 전용기를 사주겠다고 약속했다. 그때 중남미 총괄의 매출이 150억 달러, 우리나라 돈으로 환산하면 15조였다는데, 재임 기간 3년 안에 두 배로 성장시키는 건 하늘에서 별을 따오는 것보다 어려운 일이었다.

막상 상파울루에 도착해 총괄의 현황을 조사해보니 예측 판매로 인한 적자가 상당했다. 한국에서 비행기로도 30시간은 걸려야 도착하는 곳이라 브라질에는 따로 공장을 설립해서 제품을 생산했다. 본사에서 원자재가 오는데, 선박을 이용하다 보니 4개월 이상 걸렸다. 휴대폰은 자재가 가벼워 비행기로 공수해서 조립해 내놓으니 신제품의 수요와 공급을 잘 맞추어 재고가 적었다. 그러나 텔레비전, 냉장고, 에어컨은

4개월 후 완제품이 팔릴 수량을 예측해서 원자재를 공급할 수밖에 없는 시스템이었다. 자재 또한 제품의 모델별로 공급되어 왔기 때문에, 예상치가 흔들리면 남는 재고는 다 쓰레기가 되었다. 그렇다고 딱히 다른 대안도 없었다.

남편은 부임 후 한 달간 조사한 것을 토대로 자신의 전공인 산업공학적 통계를 활용해보기로 했다. 게다가 신입사원일 때 수원 공장에서 생산 관리를 했던 경험이 있었다. 브라질의 전 임직원을 불러놓고 그동안의 문제점을 해결하려면 지난 3년간의 브라질 제품들의 실제 수요 통계를 분석하자고 했다. 생산 관리는 주당 계획을 세웠기 때문에 1년이 52주이므로 3년 치인 156주분을 분석했다. 실판매와의 차이도 분석해서 예상치와 비교해보니 큰 변화 없이 3년 동안 거의 같은 수치의 수요를 기록하고 있었다.

남편은 결단을 내려 실판매 기준으로 자재를 주문하자고 했다. 현지인들은 시장의 성장률도 고려해야 한다고 했다. 그래서 남편은 우선 실판매가 가장 큰 텔레비전을 선정해 한 가지만 그렇게 해보자고 설득했다. 예측 생산이 적자가 심하니 계획 생산을 하자고 하면서 한국의 300그릇 설렁탕집 예를 들어주었다. 그런데도 욕심을 부리는 판매자들에게는 경제 성장률 정도를 더 반영해주면서 본사를 설득하고 추진해 나갔다.

첫 실험적 계획 생산이 성공하자 수익성이 획기적으로 좋아졌고 다른 제품도 단계별로 성공해 나갔다. 본사에서는 그동안 감사팀이나 분석팀 전문가들도 해결하지 못했던 적자를 단 1년 만에 흑자로 돌려놓

전용기에서 내려다본 이구아수 폭포

전용기에서 내려다본 이구아수 폭포

아 매출을 30퍼센트 성장시킨 남편의 성과는 놀라운 것이었다. 남편은 고정관념을 깨 나가며 거래처 대표들에게도 서로 재고로 인한 손실을 없애는 전략을 잘 설명하고 설득해서 점차 흑자로 돌아서는 전략을 펴 나갔다. 그 성과는 전에 없던 성공사례가 되어 본사에서는 전 세계 판매처로 계획 생산을 확대해 나갔다. 남편은 연말에 큰 표창을 받았다. 본사에서는 매출이 두 배가 되지는 않았으니 전용기를 사주는 대신 전세기를 남편에게 마련해주었다. 날개를 단 남편은 더 열심히 회사 일에 매진했다.

회사 관계 귀빈 부부 동반 방문이 있어 나는 그분들을 영접하기 위해 처음이자 마지막으로 비행기에 올랐고, 이구아수 폭포를 하늘에서 내려다보는 영광을 누릴 수 있었다. 꿈속에서 들려오는 듯한 목소리로 기장이 설명한 바에 의하면 이구아수 폭포가 세상 사람들에게 알려진 것은 1897년 이후라고 했다. 당시 브라질군의 장교였던 에드문두 데 바루스가 미국의 옐로스톤 국립공원을 둘러보고 깊은 감명을 받아 그곳에 필적할 만한 브라질의 국립공원으로 이구아수 지역을 개발했다. 어느 나라 어느 조직에서든 남보다 앞선 생각과 틀을 깨는 추진력이 결과로 나타난다는 것을 폭포 개발 이야기를 들으면서 실감했다.

이구아수 폭포는 브라질어로 '물(y)' '큰(guasu)'이라는 뜻이다. 이구아수 폭포 상류인 파라나 고원은 현무암으로 구성된 용암대지다. 거대한 용암대지에 단층운동이 일어나서 고도가 푹 꺼지는 바람에 그 지점에 폭포가 생겼다. 아르헨티나와 브라질의 경계에 있는 곳으로, 세계에서 가장 거대한 폭포이다. 미국의 나이아가라 폭포와 아프리카에 있는 빅토리아 폭포와 함께 세계 3대 폭포 중 하나이다.

　암석과 섬 때문에 수십 갈래가 된 흑갈색의 엄청난 물이 사정없이 아래로 떨어져 내렸다. 폭포의 너비는 4.5킬로미터이고 둘레가 2.7킬로미터에 달하는데 크고 작은 폭포가 총 275개나 되었다. 그중 '악마의 목구멍(Garganta do Diabo)'이 높이가 80미터로 가장 길었고, 12개의 폭포가 동시에 떨어지는 어마어마한 굉음에 대화를 하려면 큰 소리를 질러야 했다. 이구아수 폭포는 아르헨티나와 브라질이 함께 국립공원으로 지정해 보호하고 있는데 부근의 거대한 지역을 아직도 원시림이 뒤덮고 있었다. 그런 어마어마한 폭포를 하늘에서 그것도 전용기 안에서 내려다보는 내내 남편이 나를 하늘로 끌어 올려준 듯 황홀했다.

전용기에서 내려다본 이구아수 폭포

다섯 번째 하늘 러시아

2014~ 2015

뜨거운 상파울루에서 추운 모스크바로

모스크바에 도착해 호텔에서 이삿짐이 올 날만을 기다리고 있는데 결국 걱정했던 일이 터지고 말았다. 브라질 부두 노동자들이 월드컵 축구 경기에 대패하자 실망해서 파업을 두 달이나 한 것이다. 러시아와 한국으로 갈 우리 이삿짐은 결국 밀린 선적이 해결될 때까지 브라질 산투스 항구에서 무려 3개월 동안이나 묶여 있었다. 보통 선박으로 오는 이삿짐은 2개월 정도 걸리는데, 파업으로 선적이 지연되어 5개월을 호텔에서 지내야 했다.

남편이 출근하고 나면 호텔 방에서 하루 종일 러시아어를 공부했다. 당장 생활에 필요한 인사말부터 배워야 했다. 주재원 부인들이 알려준 정보로 인터넷 강의를 찾아서 공부했다. 호텔 방은 청소 시간에는 비워야 했기 때문에 호텔 안에서 수영하거나 바깥으로 점심을 먹으러 나갔다. 그럴 때면 먼저 와 살고 있는 남편의 회사 주재원 부인들이 도움을 주었다. 같이 점심을 먹으면서 생활에 필요한 정보를 알려주고 함께 장을 보러 가기도 했다. 그런 도움이 없었다면 얼마나 외롭고 난감

두 달이나 계속된 브라질에서의 파업으로, 우리 이삿짐은 결국 밀린 선적이 해결될 때까지
브라질 산투스 항구에서 무려 석 달 동안이나 묶여 있었다.

했을까.

생소한 키릴문자인 러시아어는 알파벳부터 어려웠다. 단어마다 남성 여성 중성이 있고, 명사 동사 형용사에 모두 격변화가 위치에 따라 여섯 가지로 변하는 데다 단수 복수까지 따지다 보면 무려 36가지의 조건을 모두 충족해야만 한마디라도 할 수 있었다. 5년 차 주재원 부인인 세실리아 자매는 답답할 때마다 갈증을 해소하듯 시원하게 통역을 해주었다. 5년을 살면 나도 저렇게 러시아어를 할 수 있을지 부럽기만 했다.

막상 이삿짐이 모스크바에 도착했을 때는 오랫동안 포장된 채로 묵혀 있었던 살림살이들이 온전할 리 없었다. 가장 뜨거운 상파울루에서 가장 추운 모스크바로 왔으니 극심한 온도 차로 팽창과 수축을 반복해서인지 손상된 것이 많았다. 일일이 사진을 찍고 설명을 붙이고 구매했던 가격을 제시해야 보험으로 보상받을 수 있어서 그 또한 번거롭기 짝이 없었다.

브라질에서 이사를 준비하면서 도마를 꺼내자 큰 나무 도마가 두 개나 있었다. 칼자국이 많고 낡은 도마를 식초로 닦아 말려 올리브기름을 다시 정성들여 발랐다. 실리콘 도마도 식초를 뿌려 소독한 다음 씻어내고 햇볕에 바짝 말려두었다. 이삿짐이 도착하려면 두 달 이상이 걸릴 테니 곰팡이가 피지 않도록 손질해야 했다.

이삿짐을 두 곳으로 보내려니 난감했다. 물건을 꺼낼 때마다 러시아에서 필요할지, 한국으로 보내는 게 나을지 헷갈렸다. 새로운 임지에서 업무 파악만으로도 머리가 꽉 차 있을 남편에게는 러시아에서 필요한 살림살이가 어떤 건지 물어볼 엄두조차 내지 못했다. 혼자 해야 하는 결정은 언제나 외롭고 벅찼다.

칼을 꺼내놓으니 채소칼, 생선칼, 과일칼, 케이크칼 등 종류만도 대여섯 가지가 넘었다. 주재했던 나라들마다 손님이 많았던 살림이라 식사용 스테이크 칼도 10여 개가 쏟아져 나왔다. 그 칼들을 사용해 손님을 치를 수 있었던 시간이 귀하게 여겨졌다. 이탈리아에서 몸을 다친 이후로 요리는커녕 남편과 하는 식사조차 준비할 수 없어 안타까웠다. 브라질에서는 손님을 받아보지 못한 세간살이들이 진열장에서 빛을 잃어가고 있었다.

아들이 군대를 제대하고 딸아이가 대학을 졸업했으니 그동안 전세를 주었던 서울의 집에 들어 있던 세입자를 내보냈다. 아이들이 집에 들어가 생활을 꾸리게 하려면 가구와 살림살이 대부분을 한국에 있는 집으로 보내야 할 것 같았다. 러시아에서는 가구가 딸린 집을 빌리기로 해서 최소한의 세간살이만 가져가기로 했다.

국제 이삿짐 전문업체를 불러 사정을 말하고 견적을 내는 것도 두 군데로 보내려니 복잡했다. 담당자는 두 가지 색깔의 스티커를 주면서 이삿짐을 구별해서 붙여놓으라고 했다. 짐을 구분하고 스티커를 붙이는 데 열흘 이상이 걸렸다. 그도 그럴 것이 잠을 자려고 누웠다가도 '다 읽은 책은 한국으로 보내야지, 참!' 벌떡 일어나 러시아로 갈 짐에 붙였던 파란 스티커를 떼내고 빨간색 스티커를 붙였다. 빨간 스티커를 붙였던 한국으로 갈 유리잔 중 몇 개는 러시아에서 필요할 것 같아 다시 파란 스티커를 덧씌워 붙였다. 어떤 것은 스티커를 다 떼고 브라질 이웃에게 나눠줄 걸 남기다 보니 세 가지로 하는 셈이기도 했다.

이삿짐을 싸기 전날 집 안 곳곳에 종이 상자 팩을 갖다 놓았다. 당일 아침이 되자 상자 만드는 테이프 소리가 찍 치익 칙, 하루 종일 온 집안에 울려 퍼졌다. 종이 상자를 다 만들자 이번에는 물건을 하나하나 꺼내 하얗고 얇은 종이로 여러 겹 말아서 싸고 그 위에 다시 회색 갱지를 쌌다. 그런 다음 그것들을 에어백에 포장한 후 테이프를 붙였다. 일하는 사람들의 손이 일률적으로 합창하듯 능란하게 움직였다. 그렇게 포장한 물건들을 품목별로 종이 상자에 넣었다. 빈틈을 노란 종이로 메워서 상자가 채워지면 다시 칙칙 소리를 내며 테이프로 상자를 봉하고 윗면에 매직으로 내용물을 적었다.

가구는 커다란 판지로 크기에 맞춰 포장한 다음, 그 위에 나무상자를 덧씌웠다. 모든 짐에 일련번호를 매기는 데도 꼬박 사흘이 걸렸다. 나흘째가 되어, 컨테이너가 오고 오전부터 짐을 내려서 실었다. 나무상자를 덧씌운 가구는 부피가 커서 승강기에 실리지 않자 밧줄로 묶어 네 사람이 내렸다. 위에서 두 사람 아래서도 두 사람이 밧줄을 잡고 팽팽하게 당긴 밧줄에 다시 밧줄을 양쪽으로 묶어 도르래처럼 아슬아슬 곡예를 하듯 짐을 내렸다. 가구가 떨어지면 어쩌나, 사람이 다치기라도 하면 어쩌나, 짐이 바닥에 닿을 때까지 마음을 졸였다. 가구에 매겨진 번호에 동그라미를 그리며 짐이 모두 실릴 때까지 이삿짐에 매달렸으니 꼬박 2주가 걸린 대장정이었다. 짐을 실은 컨테이너가 떠나자 어

뜨거운 상파울루에서 추운 모스크바로

렵고 힘든 완주를 마친 마라토너가 된 기분이었다.

이사 일정 중 주방용품을 싸고 난 며칠간은 이웃 주재원 부인들이 당번을 정해 매일 도시락을 준비했다. 아침 식사부터 준비해 와서 점심도 같이 먹어주고 가면서 자질구레한 일까지 세심히 살펴주었다. 자기 일처럼 몸을 사리지 않고 도와준 이웃들이 없었다면 아마 이사를 무사히 마칠 수 없었을 것이다. 짐을 실어 보내고 텅 빈 집 안을 둘러보니 브라질 상파울루에서 지나온 시간이 고스란히 보였다. 먹먹한 가슴으로 그 시간을 동고동락했던 이웃들과 석별의 정을 나누며 마지막 저녁 식사를 함께 했다.

그날 밤 호텔에서 자고, 다음 날 러시아행 비행기를 타는 일정이었다. 호텔에 도착하자 백 명도 넘는 브라질 사람들이 로비로 쏟아져 들어와 와자지껄 소란스러웠다. 월드컵 축구 경기 때문이었다. 독일과 브라질의 경기가 시작되고 있었다. 우리나라는 이미 예선전에서 탈락했기에 이삿짐을 싸느라 월드컵을 까맣게 잊고 있었다. 로비에 있던 사람들이 우르르 보드룸으로 몰려갔다. 우리가 광화문이나 시청 광장에 모여 응원전을 펼치듯 브라질 사람들은 호텔에 모여 응원하는 것이었다.

잠시 후 호텔 전체가 들썩이는 함성에 이어 탄식의 소리가 5층에 있던 내 방까지 들려왔다. 피곤했지만 궁금증에 침대 머리에 몸을 기대고 리모컨으로 텔레비전을 켰다. 거의 모든 방송국에서 축구 중계를 했다. 전반전이 반쯤 지났는데 브라질이 독일에 지고 있었다. 축구에 대한 열기가 뜨거운 브라질에서 그것도 개최국이 크게 패하고 있었다.

뉴스에서 보았던 마라냥 사건이 떠오르면서 몸이 오싹해졌다. 아마추어 축구대회의 심판이 명령에 불복한 선수에게 레드카드를 내밀며 퇴장을 명령하다가 몸싸움이 벌어졌다. 돌연 심판이 선수를 칼로 찔렀고, 피를 본 군중들이 흥분한 폭도로 변해 심판을 그만 참수해서 목을 경기장에 걸었다. 병원으로 수송되었던 선수도 결국 사망했던 사건이었다. 월드컵 경기를 앞두고 한 해 전에 일어났던 일이라 그 파장이 컸다.

나는 브라질이 만회 골을 넣기만을 바라며 텔레비전 속으로 파고 들어갈 듯 응원했다. 한 골은 어찌어찌 들어갔으나 7 대 1, 여섯 골 차이로 결국 브라질이 대패하고 말았다. 아뿔싸, 어쩌나! 성난 군중들의 폭주가 두려웠다. 하필 독일 항공사의 비행기를 타야 하는데 무사히 러시아로 갈 수는 있을까. 나는 얼른 일어나 창가로 달려가 바깥 거리를 내다보았다. 의외로 조용한 거리는 쓸쓸하리만큼 정적이 감돌았다. 브라질 사람들은 한숨을 쉬며 풀죽은 모습으로 느릿느릿 호텔을 빠져나가고 있었다. 다음 날도 잠잠했다. 축제의 열기에 찬물을 뒤집어쓴 듯 브라질은 침묵하고 있었다.

이튿날 구아룰류스 공항으로 배웅 나온 사람들과 작별하고 비행기에 올랐다. 길지 않은 시간이었지만 주재원 부인들과의 추억이 떠올랐다. 주재원 가족의 안전을 위해 차창에 방탄 필름을 두껍게 설치하도록 회사에 건의해 시행했다. 방탄유리가 안전했지만, 비용을 감당하기 어려웠고 생각보다 무거워 배기량이 큰 차량에만 설치할 수 있어

뜨거운 상파울루에서 추운 모스크바로

주재원 부인들의 차는 거의 해당되지 않았다. 브라질에서 살려면 생활에 필요한 브라질어나 학교와의 소통에 필요한 영어를 공부할 수 있도록 언어 교육 비용도 회사가 복리 후생 사업비로 지원하게끔 건의했지만, 떠나는 마음은 아쉽기만 했다. 이륙하는 비행기 안에서 나는 그동안 정들었던 이웃들에 위로의 눈빛을 건네며 오래도록 창밖을 내려다보았다.

러시아에서 쇼핑하기

　　　　　　　　　"저 여자 저기서 뭐 하는 거야? 짜증 나. 정
말!" 러시아어를 겨우 한 달 남짓 공부한 내가 알아듣기에는 어려운 말
이었는데 왜 그런 말이 귀에 들려온 걸까? 직관이라고 해야 하는 건지,
눈치라고 해야 하는 건지. 러시아 총괄로 발령이 나자마자 남편은 일
주일 만에 브라질 상파울루에서 업무를 정리하고 모스크바 사무실로
출근했다. 집을 구하기 전이라 호텔에서 지내고 있었다. 호텔 옆에는
롯데백화점도 있었다(해외 1호로 러시아 모스크바에 문을 열었던 롯데백화점이
13년 만인 2020년 러시아 당국에 폐업 신고를 하고 철수했다).

　　블라디보스토크에서 공수해온 킹크랩을 먹으러 오라고 다른 회사
법인장 집에서 우리를 초대했다. 블라디보스토크는 러시아에서 한국
과 가장 가까운 극동지방이었다. 날씨가 추운 곳이라 그곳에서 가져온
게라면 신선하고 맛있을 것 같아 슬며시 기대감이 부풀었다. 서랍을
뒤져보니 신고 갈 스타킹이 없어서 백화점으로 건너갔다. 진열장에는

스타킹의 종류가 별로 없어 적당히 두께가 있는 것으로 골라 샀다.

호텔 방으로 돌아와 포장을 뜯어보니 밴드스타킹이었다. 평소 다리 아래로 말려 내려오는 밴드스타킹이 불편해서 나는 신지 않았다. 조심스럽게 원상태로 잘 포장해서 다시 백화점으로 갔다. 하고 싶은 말을 사전에서 찾아 종이에 적었다. 잘 통할지 계산대로 다가설수록 걱정스러운 마음이 앞섰다. 먼저 물건을 내밀며 잘못 샀으니 팬티스타킹으로 바꿔달라는 말을 적은 종이를 같이 보여주었다. 종이에 적힌 말과 가져온 스타킹을 번갈아 보던 여자 점원은 안 된다고 했다. 왜 안 되느냐고 겨우 묻자 매장에 그런 스타킹이 없다고 했다. 혹시 몰라서 준비해 간 환불해달라고 쓴 글을 다시 내밀었다.

점원은 나를 뻔히 바라보더니 고개를 절레절레 흔들면서 안 된다고 했다. 옆으로 비키라며 내 뒤에 줄을 선 사람에게 오라고 손짓했다. 불과 10분 전에 내가 낸 현금이 계산대 서랍을 열 때마다 보였다. 그냥 돌아서고 싶지 않았다. 우리나라에 비해 세 배나 비싸게 주고 산 스타킹이었다. 다시 줄에 가 서서 차례가 오자 매니저나 한국 점원을 불러달라고 했다. 한참을 기다린 끝에 드디어 한국 매니저가 왔다. 그 사람이 이곳에서는 물건을 반품하거나 환불해주지 않는다고 했다. 그러면서 환불할 줄 몰라서 그런다는 것이었다. 말이 되는가? 돌아서려다 계산 기계를 보고 깜짝 놀랐다. 대학교 때, 아르바이트하던 매장에서 다루던 계산 기계가 여기서 아직 쓰이고 있다니! 내가 한국 점원에게 했던 계산을 취소하고 정산 계산서를 새로 출력하면 된다고 하면서 단추 누르는 걸 알려주자 다행히 처리해주었다. 스타킹을 돌려주고 계산대 서랍에 빳빳하게 들어 있던 루블을 받아 들자 포기하지 않고 기다린 보람이 있었다. 그러느라 시간이 꽤 걸려 내 뒤에 세 명의 러시아 여성이 지루해하며 줄을 서 있었던 모양이었다.

아까 내 뒤통수에 대고 짜증스레 내뱉은 말이 분명했다. 돌아보니 줄 맨 뒤에 세련되어 보이는 중년 러시아 여성이 날카롭게 눈을 흘기고 있었다. 나는 격에 맞지 않은 그녀의 행동이 노여웠다. 서둘러 줄에서 비켜서면서 그녀를 찬찬히 바라보았다. 내 눈길을 받은 그녀는 앞에 선 일행에게 나를 힐끗거리며 무어라 수군댔다. 가라앉히려던 노여움이 다시 불끈 솟구치려는 순간 재빨리 그 자리를 물러났다. 그동안의 해외 생활 경험에 따르면 그럴 때는 자리를 피하는 게 상책이었다. 두근거리는 가슴을 누르며 1층으로 올라가는 에스컬레이터를 탔는데 문제의 두 여성이 뒤에서 일부러 나를 스쳐 올라가며 노골적으로 어깨를 치고 지나갔다. 순간, 아드레날린 수치가 극에 달한 듯 심장이 쿵쾅거리고 호흡이 가빠졌다. 나는 에스컬레이터를 순식간에 뛰어올라 거기 서라고! 사과하라고 소리쳤다. 두 여성은 혼비백산 엄마야! 도망을 쳤다. 나는 그녀들의 뒤통수에 대고 소리 질렀다. 이즈비니야차(Извиниться)! 사과하라고! 그 순간 어떻게 그 말이 튀어 나갔는지.

초대받은 집에서 저녁을 맛있게 먹고 주재원 부인들과 둘러앉아 차를 마셨다. 러시아에 적응은 잘 되느냐는 말에, 낮에 있었던 얘기를 했더니 모두 놀라워했다. 3년에서 6년 정도 러시아에서 살았지만,

반품은커녕 환불도 못 해봤다고 했다. 온 지 며칠 되지도 않은 사람이 어떻게 그런 일을 했으며, 러시아 여성들에게 그렇게 할 용기가 나더냐고 혀를 내둘렀다. 그때야 알았다. 내 행동이 선무당 같은 짓이었다는 것을. 로마에 가면 로마법을 따라야 한다고 했으니 이후로는 안전하게 모스크바법에 따르기로 했다. 그 후 물건을 살 때는 신중하게 살피고 또 살피는 버릇이 생겼다. 덕분에 꼭 필요한 것만 사고 웬만한 것은 사지 않고 버티는 힘도 생겼다.

남편과 부부 동반으로 운동을 나가야 할 일이 생겼다. 운동복을 사려고 가게에 갔더니 예산보다 훨씬 비쌌다. 주인과 예쁜 점원 아가씨는 영어를 할 줄 몰랐다. 러시아에서 영어를 잘하는 사람을 기대하는 것이 무리긴 했다. 아무리 깎아달라고 해도 고른 옷값의 합계만 되풀이해서 말할 뿐이었다. 나는 종이에 내가 내고 싶은 금액을 적고, 종이를 내밀며 영어의 Please에 해당하는 "빠좌알르스타(Пожалуйста)!"에 간절함을 담았다. 나이가 지긋한 가게 주인의 눈에 불이 번쩍 켜지는 것 같았다. 러시아어를 할 줄 아느냐고 묻는 목소리가 높아졌다. 아까 했던 "부탁합니다!"밖에 모른다고 대답하자 점원 아가씨가 나를 보며 활짝 웃었다. 초롱초롱한 눈매가 선하고 아름다운 러시아 아가씨였다. 주인은 갑자기 손뼉을 딱딱 치더니 −15퍼센트라고 종이에 썼다. 선심을 쓰는 표정이 역력했다.

대충 어림짐작하며 돈을 내려는데 젊은 청년이 불쑥 가게에 들어왔다. 돈 받는 것도 잊은 듯 가게 주인은 젊은이에게 한참을 무어라 설명하면서 중간중간 나를 돌아보며 하는 말 중에 들리는 말이라고는 '빠좌

알르스타(Пожалуйста)'뿐이었다. 가게 주인의 말이 끝나자 청년이 나를 돌아보며 유창한 영어로 가게 주인의 아들이라고 자신을 소개했다. 러시아어 발음 중 어려운 발음인 그 단어를 말도 잘 못 하는 동양인이 정확히 해서 반갑고 고마운 마음에 할인해준다며, 아버지가 이렇게 할인하는 건 처음 본다며 눈을 휘둥그레 떠 보였다. 한마디의 말이 천 냥 빚을 갚는다더니 러시아어 한마디에 옷 값을 15퍼센트나 절약할 수 있어서 기뻤다. 고맙다고 인사하고 가게 문을 나서는 발걸음도 가벼웠다. 발음이 우리말로 들으면 묘해서 늘 웃음이 나는 말, 감사합니다! 쓰빠씨—바(Спасибо)!

사과

사과 하나 깎아줄래요?

호텔에서 주는 아침 식사는 오전 6시가 되어야 먹을 수 있었는데 그보다 더 서둘러 회사에 나가야 한다면서 남편이 부탁했다. 사과로 간단하게 아침 식사를 대신할 모양이었다. 해외에서도 한국 본사에서도 남편에게 새벽 출근은 일상이 되어가고 있었다. 탁자에 놓여 있던 사과를 씻는데 유난히 향이 짙다. 입에 침이 고이고 이 과실은 신의 선물이 아닐까 싶은 생각이 들면서 으음 감탄사가 흘러나왔다. 사과꽃은 또 얼마나 이쁜가! 하얀 꽃잎에 살짝 감도는 핑크빛 중심부로부터 솟아나 흩날리는 향기는 얼마나 상큼한지.

러시아의 여름은 새벽 4시면 아침이 밝아왔다. 두꺼운 이중 커튼을 열자 기다렸다는 듯 햇빛이 쏟아져 들었다. 호텔에서 4개월째 살고 있었다. 집은 모스크바 외곽에 마련했는데 전에 살던 브라질에서 부두 노동자들의 파업으로 배에 실리지 못한 이삿짐이 도착하려면 요원했다. 월드컵에서 독일에 7 대 1로 완패한 것이 분해 파업이 늘고 있다니, 어이없었지만 그것이 브라질의 문화였다.

모스크바는 생각보다 깨끗하고 아름답고 비교적 안전했다. 지금은 푸틴의 전쟁 도발로 우크라이나 국민이 고통을 받고 있지만, 2014년에는 그렇지 않았다. 차가운 공기가 늘 따라다니긴 했으나 그해 여름 모스크바는 전례 없이 날씨가 쨍한 날들이었다. 우리가 머물던 호텔 옆으로 아르바트 거리가 있었다. 예술가들이 운집한 우리나라의 대학로 같은 느낌의 거리였다.

러시아는 구소련 시절부터 기초과학이 발전했고, 문학은 말할 것도 없거니와 음악, 미술, 무용, 공연 등 예술 분야에 탁월한 역량을 지녔다. 아르바트는 러시아 대문호인 푸시킨과 나탈랴 부부 청동상이 서 있는 곳에서 시작되는데, 건너편에는 시인 부부가 살았던 신혼집이 있었다. 화랑들이 양옆으로 늘어서 있었고, 꺼내도 꺼내도 작은 인형이 계속해서 나오는 마트료시카를 비롯한 전통 예술품을 파는 상점들이 줄지어 있었다. 사실 아르바트 거리에서 가장 유명한 곳은 빅토르 최의 추모 벽이었다. 러시아의 전설적인 락 그룹 키노의 리더인 빅토르 최는 고려인 아버지와 러시아인 어머니 사이에서 태어난 사람으로 러시아 대중음악에 큰 영향을 끼친 젊은이들의 우상이란 것을 어지러운 낙서가 가득한 벽 앞에서 알게 되었다. 그 거리에서는 다른 곳에서는 접하기 힘든 공연이 펼쳐지곤 했는데, 혼자서 구전으로 하는 대서사 1인극이었다. 예술대학 학생들이 무대 공포를 극복하고 관객의 호응을 경험하는 일종의 실기시험 같은 공연이었다. 내가 보기엔 무성영화 시

모스크바의 아르바트 거리

대의 우리나라 영화 변사처럼 그들의 연극 내용은 러시아 문호들의 작품에 감정을 넣어 낭독하는 것이었다. 러시아어를 다 알아들을 수는 없어도 그들의 표정과 동작만으로도 재미있었다. 때로는 두 사람 혹은 세 사람이 역할을 맡아서 제법 연극다운 작품을 선보이기도 했다.

하루는 늦은 점심을 먹고 느지막이 오후의 거리를 홀로 걷고 있었다. 그런데 어디선가 귀에 익은 선율이 들려왔다. 마음속에 봄날의 아지랑이가 피어오르는 것을 느끼며 소리 나는 곳으로 자석에 이끌리듯 다가갔다. 빨간 저고리에 노란 한복 치마를 입은 아가씨가 손에 부채를 들고 춤을 추고 있었다. 아리랑 가락에 맞추어 사뿐사뿐 휘돌아 감기는 옷고름에서 울컥 고국에 대한 그리움이 감겨들었다. 나는 그 자리에 선 채 향수를 불러일으키는 춤사위에 빠져들고 있었다. 러시아 아르바트 거리에서 아리랑과 한복이라니! 아리랑을 들으며 넘실거리는 춤사위를 보고 있자 가슴이 뭉클하면서 점점 코끝이 시큰해졌다.

"엄마 이 사과 먹어도 돼요?" 홍옥의 새콤달콤해 보이는 붉은빛에 꼴깍 넘어가는 침을 삼키며 엄마에게 칭얼대 보았다. "차례상에 올릴 거니까 만지지 마라!" 엄마의 목소리는 엄격했다. 그 목소리에 괜스레 눈물이 고이고 서러워서 하염없이 사과를 바라보았던 기억이 향수를 더 불러들였다. 호텔의 탁자 위에 있던 사과는 스탈린이 서기장이던 시절 모스크바 대학의 학생들을 위해 심었던 가로수에서 떨어진 것이었다. 그 시절 최우수 인재들이 모인 모스크바 대학의 학생들이면 누구나 배고플 때 따 먹을 수 있도록 심었다고 했다.

지하철 1호선인 소콜니체스카야 라인의 우니베르시테트 역에서 내려 모스크바 대학 근처를 산책하는데 발에 무언가 걸렸다. 넘어질 뻔해서 내려다보니 사과나무 가지가 풀밭에 떨어져 있었다. 세상에! 너무 많이 달린 사과 알의 무게를 이기지 못해 가지째 찢어져 바닥에 떨어진 것이었다. 여기저기 떨어진 사과 알들이 탐스러웠다.

사과

지나가던 학생이 무심한 듯 사과 한 알을 집어 들더니 셔츠 자락에 쓱쓱 문질러 와삭 베어 물었다. 나도 한 알 주워 이리저리 살펴보니 사과에는 초록을 지나 붉은빛이 들어 향긋했다. 매끈한 사과를 몇 개 주워 호텔로 돌아왔다. 작은 종이 상자에 넣어 탁자에 올려두니 부자가 된 듯 마음이 충만했다. 그 사과를 보고 남편이 작은데도 먹음직스럽다며 깎아달라고 한 것이었다. 사과를 깎는 내 입에서 흥얼흥얼 아리랑이 허밍으로 흘러나왔다. 남편에게 사과를 예쁘게 깎아주고 어린 시절 그토록 먹고 싶었던 사과를 이제야 먹는 듯 껍질째 한 입 베어 물었다. 달고 새콤한 과즙이 입안에 아리랑 가락처럼 스며들었다.

모스크바는 열애 중?

러시아는 꽃값이 유난히 비쌌다. 추운 날이
길어서인지 거의 모든 꽃을 네덜란드나 서유럽에서 수입해서 그런 것
같았다. 그런데도 산책하다 보면 꽃을 든 남자들이 유난히 거리에 많
았다. 꽤 낭만적이라 지나던 남자의 얼굴을 보았다. 행복에 겨워 데이
트를 가는 청년의 모습을 상상했는데, 의외로 중년의 남자와 심지어
노년기에 접어든 남자도 있었다.

걷던 참이라 호기심에 나이 든 노신사 뒤를 졸졸 따라가 보았다. 어
떤 여성에게 꽃을 바치는지 궁금했다. 고리키 공원 쪽으로 가는 노신
사의 발걸음은 경쾌했고 꽃다발의 향기는 싱그러웠다. 공원 안에 들어
서자 그랜드 피아노가 놓인 야외무대가 있었다. 장미꽃에 둘러싸인 하
얀 그랜드 피아노를 연주하는지 감미로운 소리가 들렸다. 피아노 주변
으로 던져지듯 놓인 빈백 소파에 사람들이 자유롭게 걸터앉아 음악을
감상하고 있었다.

노신사는 그중 한 여인에게 다가가 꽃을 내밀었다. 여인은 환하게

모스크바는 열애 중?

웃으며 자리를 털고 일어났다. 받아 든 꽃다발 속에 여인이 얼굴을 묻었다. 하늘하늘한 원피스 차림의 여인도 초로의 모습이었다. 두 사람은 피아노 선율을 뒤로하고 꽃길을 따라 멀어져갔다. 여인의 뒷모습이 행복해 보였다. 고리키 공원에는 데이트하는 커플이 많았다. 그리스 신화 속 제피로스가 나타나 입김을 불어주기라도 한 듯 서풍이 부는 저녁이었다.

나는 천천히 걸어 붉은광장을 지나면서 크렘린궁의 하얀 벽과 초록색 지붕을 보았다. 사원의 금빛 돔이 지는 햇살을 되쏘고 있었다. 소련 공산당 본부였던 곳이 지금은 러시아 대통령 집무실로 사용되고 있었다. 러시아어를 공부하다 보니 크렘린은 성채나 요새를 말하는 것이었다. 중세 이후 역사적인 러시아 도시에 있는 성들을 다 크렘린이라고 불렀다. 지금도 카잔이나 수즈달에는 크렘린이 있지만, 모스크바의 대통령궁이 그 상징이었다.

새로운 임지의 업무를 시작한 남편은 일에 몰두하여 퇴근이 늦었다. 집을 구하기까지 혼자 호텔에서 저녁을 먹기가 불편했다. 근처의 아르바트 거리를 걷다가 햄버거로 간단히 먹기도 했고, 붉은 광장 쪽으로 더 나가 굼 백화점의 카페테리아에서 먹기도 했다. 가끔 점심은 회사 직원 부인들과 만나 생활에 필요한 얘기를 들으며 먹기도 했다. 저녁을 혼자 먹다가 지는 해를 바라보면 한국에 있는 아이들과 가족들 생각에 수저를 들지 못하는 때도 많았다.

모스크바가 열애에 빠진 이유를 알고 싶었다. 호텔로 돌아와 러시아 연구 자료를 펼쳐보았다. 러시아 아가씨들은 하나같이 몸매가 날씬하

모스크바는 열애 중?

고 아름다운데 결혼만 하면 마트료시카처럼 풍만해지는 것도 궁금했다. 마트료시카는 러시아 전통 목각인형이다. 반으로 나누어진 인형을 열면 안에서 점점 크기가 작아지는 똑같은 인형들이 계속 나오는데, 풍요와 다산을 상징한다. 화려한 머플러에 알록달록한 문양의 옷을 입은 둥글둥글한 모습이다. 보통 다섯 개에서 열 개가 겹쳐 있는데 어머니가 딸을 낳고 딸이 손녀를 낳고 또 그 손녀가 증손녀를 낳고…… 인형을 열어 점점 작은 인형을 꺼내고 또 꺼내다 보면 그렇게 자손이 이어져가는 느낌이 들었다.

연구 자료를 보니 러시아는 남녀의 성비 차가 컸는데, 여성이 남성보다 15퍼센트나 많았다. 남성의 인구 감소 원인은 잦은 전쟁과 기근, 테러, 보드카 중독, 흡연 그리고 자살 등이었다. 남성의 숫자가 현저히 적다 보니 여성들은 결혼하기 위해 치열한 미모 경쟁을 벌였다. 일단 결혼하기까지 다이어트로 날씬한 몸매를 유지하던 여성들이 결혼하면 그동안 굶었던 것을 보상하기라도 하듯 음식에 탐닉해 마트료시카 같은 둥글둥글한 몸이 되는 것은 순식간이었다. 상대적으로 여성이 많으니 남성들은 적어도 세 번은 결혼하겠다는 생각으로 쉽게 다른 여자를 찾아 이혼을 요구했다. 그러면 버림받은 여성은 다시 다이어트를 시작해 여리여리한 모습으로 경쟁력을 키운다는 것이다.

그 노신사도 벌써 세 번째 여인을 찾아 공원으로 걸어갔던 건 아닐까? 낭만적으로 보였던 로맨스 그레이가 회색빛 암울로 서글프게 다가왔다. 냉혹한 인간세계의 정글 법칙이 추운 날씨의 모스크바를 열애로 달구어놓다니, 한 여성으로서 씁쓸한 기분을 떨칠 수 없었다.

모스크바는 열애 중?

여섯 번째 하늘 **싱가포르**

2017~2020

카디건과 센토사섬

침실에 드리워진 커튼을 열자 동쪽 하늘이 환하게 빛나고 있었다. 창을 열자 바람이 제법 불었다. 라디오에서 쇼팽의 녹턴이 흘러나왔다. 얼마 전 국립아트센터 에스플러네이드에서 공연했던 조성진의 피아노 연주였다. 싱가포르 라디오에서 우리나라 천재 피아니스트의 연주를 들으니 아침부터 뭉클한 감동이 밀려들었다. 연주가 끝날 때까지 가만히 서서 들었다.

멀리 인도네시아 바탐 쪽으로부터 시커멓게 비구름이 몰려오기 시작했다. 새로 돋아난 재스민 화분의 새싹이 발코니에서 바람을 견디지 못하고 한 잎 두 잎 바람에 떨어져 날렸다. 반짝이던 여린 이파리들이 가냘프게 이리저리 바람에 쏠리는 것을 보자니 사람 사이의 일도 저 이파리들 같다는 생각이 들었다. 비구름에서 이내 후두둑 비가 쏟아졌다. 발코니 데크에 빗줄기가 동그랗게 꾹꾹 박히듯 떨어졌다. 동쪽 하늘엔 흰 구름이 환한데, 북쪽에서는 기승을 부리듯 비를 뿌려대고 바람이 용솟음치며 파도를 일으켰다.

커피를 내리러 부엌으로 들어갔다. 빌트인되어 있는 커피 추출기에서 쪼르륵 떨어지는 커피를 머그잔에 받았다. 김이 오르며 커피 향이 온 집 안으로 퍼져 나갔다. 피아노 연주는 마음을 때렸고 빗줄기는 창문을 때렸다. 20여 분쯤 지나자 언제 그랬냐는 듯 바람은 잦아들었고 울음을 그친 아이처럼 비는 시치미를 뚝 떼며 그쳤다.

센토사는 바닷가 해안로를 따라 아름다운 집들이며 산책로가 잘 조성되어 있었다. 우리 집도 바닷가에 있는 아파트였다. 바닷바람으로 아침저녁에는 에어컨을 틀지 않아도 시원했다. 집에서나마 에어컨 바람에서 해방되자 남편의 기침 증세가 조금씩 나아졌다. 싱가포르에서 휴가를 보내고 한국으로 돌아간 아이들은 자주 전화를 걸어 아빠의 안부를 물었다.

우리는 저녁 식사 후에는 반드시 몸에 밴 냉기를 해소하려고 매일 해안가를 산책했다. 일과를 나누고 집안일도 의논하면서 걸었다. 우리 부부가 얘기하는 소리를 듣고 한국어를 알아들은 외국인들이 "안녕하세—요!"라고 서툰 한국말로 종종 인사를 건네오기도 했다. 한국 음식과 드라마 그리고 케이팝 스타는 이제 싱가포르 사람들에게도 관심사였다. 호감을 나타내는 이웃들이 늘어나는 것을 보며 우리나라의 위상이 높아진 것 같아 기분이 좋았다.

남편이 회사의 동남아 총괄로 근무한 지도 2년째. 센토사섬에 이사 온 지는 1년이 조금 지나고 있었다. 화이트세일 요트 계류장이 바로 내려다보이는 싱가포르 해협을 마주한 곳에 집이 있었다. 남편 덕분이긴 하지만 좋은 집에 살게 해준 회사가 고마웠다. 세인트존 라자루스 브리지가 손에 잡힐 듯 앞바다에 보였다. 수영해서 갈 수도 있을 것 같았다. 날씨가 좋은 날에는 해안선 멀리 인도네시아 바탐섬과 빈탄까지 보였다.

처음 싱가포르에서 시내에 살았을 때였다. 뜨거운 바람이 훅 불어오는가 싶더니 땅 위로 어둑어둑한 그늘이 드리웠다. 어느새 잿빛으로 변한 하늘에서 툭툭 빗방울이 듣는가 싶더니 쑤와아 소리와 함께 굵은 빗줄기가 일직선으로 힘차게 땅으로 꽂혔다. 불타는 듯한 태양의 열기에 달구어진 아스팔트 위로 가마솥 뚜껑이라도 열어젖힌 듯 김이 무럭무럭 피어올랐다. 우산을 펼쳤지만 역부족이었다. 빗발이 사방으로 튀어 우리는 금세 물에 빠진 생쥐 꼴이 되고 말았다. 건물 안으로 뛰어들자 얇은 반소매 옷차림을 비웃듯 와락 끼쳐 드는 냉기에 온몸이 덜덜 떨렸다. 남편의 카디건을 사려고 아이들과 집 근처의 쇼핑몰까지 걸어가던 길이었다. 아이들은 다행히 콧물과 재채기 정도로 넘어갔지만, 나는 그만 감기에 들어 고열과 식은땀을 흘리며 싱가포르에 신고식을 치렀다.

우리가 살았던 아파트는 번잡한 시내 한복판이었다. 3개월 먼저 싱가포르에 와서 근무하고 있던 남편은 저녁에 자려고 누우면 기침이 멈추지 않았다고 했다. 상비한 감기약으로 버텼다는 걸 보니, 주재지에서의 일정을 소화하느라 병원에 갈 짬이 없었던 모양이었다. 온종일 머리 위에 쏟아지는 냉기 아래서 근무하다 보니 어느새 한기가 몸속 깊숙이 들었던 것 같았다. 아무래도 심상치 않아 병원에 갔더니 냉방병이라고 했다. 쉽게 낫지 않아 남편은 1년 이상을 기침으로 고생하면서 일했다.

우리나라 상사 주재원들은 대부분 몸을 아끼지 않고 회사 일에 몰두한 나머지 늘 이런저런 병치레로 고생이 많았다. 싱가포르는 동남아 시장을 총괄하는 곳이어서 일이 더 많았다. 가족들에게 미안해하면서도 휴일 없이 회사로 향하는 남편의 등을 바라보는 아내들의 한숨이 깊었다. 하루 종일 에어컨 바람 속에서 일하니 냉방병은 주재원들이면 거의 앓는 병이 되어 잔기침을 달고 살았다.

서울에서 직장을 다니고 있던 아이들이 겨울 휴가에 맞춰 싱가포르의 집으로 왔다. 기침으로 고생하는 아버지를 위해 카디건을 사러 가자고 내 손목을 끌었다. 쇼핑몰에서 남매가 어떤 것이 아빠의 몸을 따뜻하게 감싸줄지 꼼꼼하게 살피고 편하지만 고급스런 디자인을 고르는 모습을 보니 대견했다. 남편도 세심함이 느껴지는 카디건을 받아들자 눈시울이 붉어졌다. 애써 웃으며 기특한 마음이 더 고맙다며 얼마나 좋아하던지…….

　나는 남편에게 생강차와 대추차를 번갈아가며 끓여주었다. 아침마다 꿀을 섞은 따끈한 홍삼 물을 보온병에 가득 담아 회사로 들려 보내기도 했다. 아이들은 기침이 멈추지 않는 아빠 때문에 한국으로 돌아가는 발걸음이 무겁다고 했다. 회사 동료들도 이런저런 경험담을 나누며 걱정해주었다. 그러다가 남편에게 센토사섬으로 이사를 하라고 조언한 사람은 홍보 담당 과장이었다. 자신이 냉방병을 이겨낸 방법이 에어컨 바람 없는 바깥에서 매일 산책하면서 찬 기운을 몸에서 빠지게 한 거라고 했다. 귀가 솔깃한 말이었다.

　우리는 조언을 받아들여 센토사섬으로 이사를 했다. 팬데믹이 오고 코로나가 기승을 부릴 때도 센토사 바닷가를 산책하면서 숨을 골랐다. 이사를 한 것이 신의 한 수였는지, 아이들이 사준 카디건 덕을 보았는지, 남편을 괴롭히던 기침이 멈추었다. 어떤 날에는 발코니에 앉아 책을 읽고 있으면 툭 툭 빗줄기가 떨어지면서 천둥이 치기 시작했다. 우르릉 쿠쾅콰앙 콰과광 하늘을 두 쪽으로 가르기라도 할 듯 섬광을 번쩍이며 번개가 바다로 떨어져 내렸다. 이어서 장대비가 쏟아지다가 바람이 회오리를 치며 비를 여기저기 마구 뿌려댔다. 그렇게 오던 비는 한 시간을 넘지 않고 또 뚝 그쳤다. 눈을 들어 하늘을 보니 돌고래 빛깔의 연회색 구름이 점차 솜털처럼 하얗게 바람결에 흩어졌다. 구름 속에 들었던 비를 다 쏟아낸 하늘은 바다에 포옹이라도 하듯 다시 푸르고 맑게 눈부신 태양을 끌어 올렸다. 그곳이 센토사섬이었다.

　　　　　　　　　　　카디건과 센토사섬

여여함이 숨 쉬는 정원

싱가포르에서 총괄로 일하는 남편이 한국으로 출장을 가면 같이 가서 아이들과 지냈다. 귀국하는 비행기 좌석 등받이에 꽂힌 잡지를 읽다가 동백꽃이 뚝뚝 떨어진 정원길의 사진이 가슴으로 훅 치고 들어왔다. 죽설헌이었다. 이상하게 돌아가신 엄마가 생각나며 그리워지는 곳이었다. 다큐 공감이란 프로에 나온 죽설헌을 보며 두 언니에게 길을 나서자고 했다.

4월 달밤이면 나주는 배나무 꽃으로 온통 하얗겠지? 딱히 질문을 했다기보다는 혼잣말처럼 중얼거렸다. 영산강을 끼고 달리는 차 안에서 동행한 언니들은 나보다 더 상기되어 있었다. 나주니까 배밭이 많았고 고려 후기 시인 이조년의 "이화에 월백하고"로 시작하는 「다정가」가 연상되어 한 말이었다. 자규(두견새)가 어쩌고 하는 대목은 넘어가더라도 정이 많아 잠 못 이룬다고 봄밤의 정취를 노래한 옛 시인의 시구에 공감이 저절로 일었다. 새벽녘에 집을 나섰기에 아직 이른 시간이었다. 영산강을 벗어나면서 배나무가 나목으로 둥근 터널을 이루고 있는 배밭을 지났다. 웃자란 배나무의 우듬지가 하늘을 향해 서서 비를 함초롬히 맞고 있었다.

죽설헌 입구에 도착하자 작은 연못이 보였다. 왕버들은 잎을 떨구고 유연한 가지를 물에 담그고 있었다. 늦가을 비에 젖은 단풍잎이 선명한 빨간색으로 불타고 있었다. 죽설헌이니 대나무가 반겨주리란 예상을 여지없이 깨면서 햇살 한 줄기 없는 정원을 붉게 물들이고 있었다. 안으로 들어서자마자 처음 드는 생각은 자연스러움이었다. 그런 정원을 꿈꿔왔던 나에게는 그지없이 마음에 와닿았다. 반갑게 맞아주던 주인 부부는 백발을 뒤로 단정히 묶은 모습이 나무의 정령인 듯 남매처럼 닮아 있었다. 자연의 섭리에 순응한 주인의 모습을 꼭 닮은 정원으로 한 걸음 더 들어서자 비에 젖은 탱자나무의 검푸른 가시가 빗속에 예사롭지 않게 울타리를 이루고 있었다. 외갓집이 있던 남도의 고샅에도 가을이면 탱자가 향기 풀풀 익어갔는데…… 예술가의 정원에서 어린 시절의 향수가 탱자나무 가시들 사이로 샛노랗게 떠올랐다.

고등학교에서 원예학을 전공했다고 입을 뗀 박 화백은 아무것도 가진 것 없는 빈손으로 정원을 시작했다고 말을 이어갔다. 공무원으로 일하면서 배밭을 사면, 배나무를 베어내고 꽃과 나무를 심었다는 것이다. 가난한 사람이 과실수를 베어내고 정원을 만들어나가는 동안 당시 박 화백은 미친 사람쯤으로 보였을 것이다. 뜻이 있는 곳에 길이 있고, 꿈은 꾸는 자의 것이었다. 50년간 재직하면서 끊임없이 주위의 배밭을 조금씩 사들여서 전통을 최대한 살려 가꾼 정원은, 퇴직 이후 그림을 시작해서 자연을 주제로 삼은 박 화백의 작품과도 닮아 있었다.

여여함이 숨 쉬는 정원

부부의 안내로 왕버들 군락지에 들어서자 그만 딱 멈춰서고 말았다. 긴 습지를 잇는 연못이 마치 내가 살았던 네덜란드의 신비스러운 운하 같았기 때문이었다. 해마다 튤립 축제가 열리던 쾨켄호프 정원의 한귀 퉁이를 마주한 것 같기도 했다. 아니, 어쩌면 지베르니 정원을 더 닮아 있었다. 수련꽃이 활짝 피어나는 파리 근교의 프랑스 화가 모네의 정원 같다고 말하자 박 화백은 반가워하며 15년 전 지베르니를 다녀왔다고 말했다. 모네의 정원에서 많은 영감을 얻어 왔다고 했다. 수련 대신 무엇이 피어나는지 5월에 다시 오라고 했다.

한 달을 한국 집에 머무르다 싱가포르에 돌아가 생활하고 있어서 장담할 수는 없었는데, 놀랍게도 다음 해 5월 다시 서울에 올 일이 생겼다. 한국에 온 김에 〈세계 지성이 광주를 말한다〉라는 인문 예술 융합 축제에 참여하게 되어 광주에 내려갔다. 커뮤니티 댄스 교육자 과정을 이수했던 춤 학교에서 평화의 춤을 추러 간 행사였다. '다시 그리는 민주주의'라는 부제의 그림 작업을 하던 박 화백과 그곳에서 마주쳤다. 행사가 끝나고 화가는 우리 일행을 죽설헌으로 초대했다.

보랏빛 오디가 익어가고 빨간 앵두는 투명하게 부풀어 올랐다. 흐뭇한 미소로 아예 나무째 내어준 오디와 앵두를 입에 가득 물고 일행은 행복에 겨워 춤을 추며 수풀 사이를 맨발로 누볐다. 뭐라 말할 수 없는 대지의 축복이 발바닥으로부터 척추를 타고 가슴으로 올라왔다. 곧 모두의 숨을 멎게 하는 장관이 눈앞에 펼쳐졌다. 왕벚나무들이 휘영청 가지를 드리운 긴 습지에 수천 송이의 노랑꽃창포가 황금빛 무리를 이루어 피어나고 있었다. 춤사위를 접고 모두가 탄성을 질렀다. 꽃 무리 위를 날던 흰나비와 노랑나비가 우리 대신 춤을 추며 날아왔다. 마치 돌아가신 엄마와 죽은 친구가 내 곁으로 날아와 춤을 추는 것만 같았다.

엄마가 돌아가시고 영혼이 텅 비어버린 듯 외롭고 쓸쓸했을 때 산소에 있는 자귀나무 아래서 실컷 울고 나면 꽃으로 피어난 엄마가 나를 위로해주는 듯했다. 부채꼴로 소소히 피어오른 꽃송이가 귀하다며 생전에 엄마가 유난히 좋아하신 꽃이었다. 아버지는 당신이 좋아하시는 배롱나무와 자귀나무를 한 그루씩 엄마 산소에 심었다. 아버지는 엄마를 잃고 허망한 마음을 그렇게라도 위무하셨던 걸까. 아버지도 정원 가꾸는 걸 좋아하셨다. 어린 시절 집 앞마당에 있던 소박한 정원, 뒤뜰에 있던 텃밭은 내 마음에 고향으로 자리 잡고 있다.

유방암을 앓다가 바랜 나뭇잎같이 희미한 미소 한 조각만 남기고 친구가 영원히 먼 길을 떠났을 때도 안타까움과 서러움으로 하늘 정원의 갈대 숲길을 하염없이 걸었다. 어여쁜 얼굴만큼이나 마음도 깊었던 친구는 갈대에 스치는 바람으로 같이 걸으며 들꽃에 하마 깃들어 있었을까.

그렇듯 쓸쓸한 마음을 받아주고 슬픔을 보듬어주는 곳이 나에게는 정원이다. 내 곁을 떠난 사랑하는 사람들은 자연이 되어, 때론 바람으로 때로는 꽃으로, 어떤 때는 흙냄새로도 다가와 영혼에 깊은 위로를 건네듯 나를 정원으로 이끌었다.

여여함이 숨 쉬는 정원

화가 부부가 한 장 한 장을 세워서 정성껏 만든 까만 기왓장 담이 빗물에 젖어 고혹적인 빛깔을 내고 있었다. 가을비에 우장한 군인처럼 도열해 있던 키가 큰 파초들 사이로 우산에 떨어지는 빗소리를 들으며 정원의 늦가을을 언니들과 천천히 걸었다. 죽설헌에는 그대로 놓아둔 나뭇가지와 넝쿨들이 바람에 너슬대는 여여함이 있었다. 억지로 가꾼 것이 아니고 자연에 따르는 수수한 끌림이 오히려 매혹적인 곳이었다. 죽설헌에서 자연의 생기를 듬뿍 받고서 나는 싱가포르의 더운 날씨를 마주할 힘을 얻어 남편 곁으로 다시 돌아갈 수 있었다.

가슴이 두근두근 뛰었다. 저만치서 남편과 딸아이가 길가에 늘어서 환호하는 사람들을 뒤로하며 상기된 얼굴로 아들과 나를 향해 천천히 뛰어오고 있었다. 남편이 아랫배에 힘을 잔뜩 주고서 "여보, 나는 다시 태어나도 당신과 결혼할 거야!" 소리 지르자 한남동 길가의 관중들이 모두가 함성을 지르며 박수를 보내주었다. 딸아이도 함박웃음을 지으며 달려왔다. 나는 감격에 겨워 아들의 손을 잡았다. 장갑을 끼고 있었지만, 손에는 진땀이 배어나고 있었다. 숨을 크게 들이쉬며 떨리는 마음을 달랬다. 남편이 들고 온 성화봉의 불이 내가 들고 있던 성화봉에 닿는 토치 키스의 순간 모두를 빛나게 할 불꽃이 화르르 타오르며 옮겨붙었다. 아들과 딸아이가 양쪽에서 성화봉을 높이 쳐들었고 진행하는 분들이 볼 뽀뽀를 시키며 기념사진도 찰칵찰칵 찍어주었다. 어디를 보아야 할지 몰랐지만 우리는 입을 크게 벌리고 활짝 웃었다.

드디어 주자로 나선 아들과 나는 준비한 퍼포먼스를 시작했다. 스키 타는 동작을 하고 즐겁게 한 바퀴 돌면서 춤도 추었다. 성화봉이 생각보다 무거워 낑낑대다가 서로 엇박자가 나면서 실수를 하기도 했다. 사람들은 어설픈 우리 모습에 물개박수를 치며 즐거워했다. 앞에서 동영상을 찍는 방송국 차량 그리고 양옆에서 호위해주는 경찰 오토바이들에 싸여 환희에 찬 채 천천히 달렸다. 주최 측에서는 자꾸 말을 하라고 시켜서 아마도 끊임없이 아들에게 사랑한다고 말했던 것 같다. 어느새 다음 주자와 토치 키스를 했다. 그 와중에 달리면서 급히 짠 스케이트 타는 퍼포먼스로 마무리하고 우리는 대기하던 버스에 다시 올랐다. '모두를 빛나게 하는 불꽃, Let Everyone Shine', 2018년 평창 동계올림픽 슬로건을 달고 있는 버스였다.

해외에 나가면 다들 애국자가 되기 마련이라고 사람들은 말한다. 뉴욕의 타임스퀘어에서 BTS의 뮤직비디오를 보며 울컥 감정이 복받치는 건 나만이 아닐 것이다. 브라질 거리를 누비는 현대나 기아 자동차, 밀라노 두오모 광장에서 나오는 삼성전자 광고를 보고 자랑스러움에 목메지 않는 대한민국 국민은 없을 것이다. 우리 가족은 주재하는 국가에서 어쩌다 태극기만 보아도 목울대가 뻐근해지는 것을 느끼곤 했다. 그런데 온 가족이 성화 봉송 릴레이 주자로 뛰는 영광을 누리게 되었으니 국가대표 선수가 된 것처럼 자랑스러웠다. 남편이 해외에서 열심히 일한 공을 인정받은 것 같아 더욱 의미가 깊었다.

우리 가족은 올림픽 경기와의 인연이 특별했다. 남편은 2016년 브

남편은 2016년 브라질 리우데자네이루 하계올림픽 성화 봉송 주자로도 뛰었다.

라질 리우데자네이루 하계 올림픽 성화 봉송 주자로도 뛰었다. 회사를 대표해서 참가했는데 일상의 영웅이 선발 자격이었던 탓이었다. 남편이 뛰는 동안 태극기를 들고 환호해주는 브라질 시민들과 아이들이 셀럽을 맞이한 듯 찍은 사진들에서 그날의 환희가 보였다. 남편은 그 순간 스스로 열심히 살아온 보람과 회사에 대한 고마움 그리고 대한민국 국민이라는 자부심으로 빛나는 얼굴이었다.

한편 네덜란드에서 남편이 일하고 있을 때는 IOC 위원이자 필드하키 협회장의 주관으로 네 명의 네덜란드 IOC 위원들과 자크 로게 전 IOC 조직위원장 부부가 참석하는 만찬에 초대된 일이 있었다. 만찬이 진행되는 동안 우리나라 평창에 동계올림픽을 개최해야 한다고 열을 올려 어필했었다. 그때는 대통령인 푸틴이 직접 나서는 바람에 러시아 소치로 개최지가 결정되어 서운했는데, 결국 4년 뒤에 평창에서 동계

성화 봉송

올림픽이 개최되고 우리 가족이 성화 봉송 주자로 뛰게 되었으니 감개무량했다.

　그리스 올림피아에서 채화된 성화는 일주일간 그리스 전역을 돌고 난 뒤 10월 말에 아테네 파나니 나이코 스타디움에서 평창 대표단에 전달되었다. 11월 1일 인천 국제공항에 도착한 성화는 101일 동안 7,500명이 전국을 달리는 대장정에 올랐다. 온 국민을 아우르는 축제인 만큼 성화 봉송 주자들은 장애인, 소외 계층, 다문화가정, 국가를 빛낸 사람들과, 유명 스포츠 선수들, 그리고 연예인들로 구성되었다. 모두가 알다시피 평화로운 공존의 올림픽 정신을 상징하는 성화는 봉송 릴레이 자체가 세계인의 이목이 집중되는 축제였다.

　인천에서 시작된 성화 봉송 릴레이 중에서 우리 가족은 한남동에서 이태원 구간을 달렸다. 우리는 그날 아침 설레는 마음을 안고 모임 장소인 남산으로 갔다. 버스를 함께 타고 같은 구간을 뛰는 다른 사람들과 교육을 먼저 받았다. 두 사람씩 짝을 지어 성화를 들고 백 미터 정도의 구간을 뛰고 나면 다음 주자에게 성화를 옮겨주는 토치 키스를 할 때 준비한 퍼포먼스를 마음껏 하라고 했다. 어떤 동작을 할지 정하고 연습도 미리 해두라고 했다. 단체로 기념사진도 찍었는데, 서로의 얼굴에서 감격에 겨운 설렘이 느껴졌다. 유니폼이 들어 있는 가방을 받고 탈의실로 가 열어보니 후드가 달린 점퍼와 바지, 상의와 모자 그리고 장갑까지 들어 있었다. 흰색 바탕에 노란색으로 배색이 되어 있는 점퍼의 왼쪽 가슴과 등판에 오륜기와 슬로건 그리고 평창 2018 올림픽 문구가 새겨져 있었다. 겨드랑이 선에 오방색의 띠가 길게 덧대어 있는 디자인에 특히 눈이 갔다. 역시 흰색 바지는 무릎 밑으로 노란 배색이 들어가 있었고, 왼편에 세로로 길게 Pyeong Chang 2018 글귀가 새겨져 있었다. 그리고 점퍼 안에 입는 보온성이 좋은 부드러운 흰색 상의와 노란 방울이 달린 흰 모자와 노란 장갑에도 오방색 띠가 산뜻해 보였다. 옷을 갈아입고 나오자 남편 회사의 직원들이 포토존에서 기념사진을 여러 장 찍어주었다.

2018년 남편은 싱가포르에서 회사의 동남아 총괄로 일하고 있었다. 서울의 본사에서 성화 봉송을 하러 오라는 연락이 왔다. 남편은 주재하는 나라에서 일할 때마다 무엇이든 되게 하는 정신으로 임했다. 올림픽에 참가하는 선수들이 하루하루 열심히 훈련하고 온 기량을 다해 시합에 임하듯 우리 가족 역시 최선을 다해 노력하며 살아야겠다는 생각이 들었다. 스포츠 정신은 아름답다! 우리 가족은 벅찬 감동과 뿌듯함으로 그날의 사진 속에서 행복하고 환하게 웃고 있다.

소중한 인연

명동 기독교여성청년회관 강의실에 들어서
자 중년 신사 두 분과 나를 초대한 규연 언니가 강의석 무대에서 동시
에 문 쪽으로 고개를 돌렸다. 어두컴컴한 무대가 잘 보이지 않아 나는
한동안 문 앞에 서 있어야 했다. 어두운 실내의 윤곽이 눈에 들어오자
계단을 천천히 내려갔다. 규연 언니가 두 사람 중 한 분이 선생님이고,
다른 한 분은 컴퓨터를 다루는 보조 강사라고 나에게 소개했다. 인사
를 마치고 나서 세 사람은 진지하게 강의 주제에 대해 말하기 시작했
다. 나는 조용히 무대에서 물러나 청중석 의자를 찾아가 앉았다. 곧 규
연 언니도 내 곁에 와 앉았다. 뒤쪽에서 환한 빛이 쏟아지듯 문이 열리
면서 수강생들이 줄지어 들어섰다. 대부분 연배가 지긋해 보이는 분들
이었다.

러시아에서 본사로 귀임해 한국에 돌아온 남편을 따라 2016년 귀국
했다. 남편이 중남미 총괄로 브라질에 있을 때 시어머님이 돌아가셨

다. 해외에서 본사로 돌아올 때마다 부모님을 모시고 살았다. 혼자가 되신 아버님은 당신이 오랫동안 사시던 동네에서 지내고 싶어 하셨다. 남편의 회사가 그곳에서는 너무 멀어 불편하니 따로 살자고 하셨다. 호주에서 친하게 지냈던 친구가 뮤지컬 클래스가 있으니 같이 배우며 해외에서 살았던 긴장을 풀어보자고 했다.

결혼해서 남편의 주재지 다섯 나라와 한국을 드나들었던 탓인지 귀국한 나는 심한 정체성의 혼란을 겪고 있었다. 비슷한 나이 사람들과 만나 뮤지컬을 배울 수 있다니 설레었다. 그러나 내 의지와는 상관없이 석 달 만에 클래스는 여러 가지 일로 와해되고 말았다. 하지만 그곳에서 친구의 소개로 머리 꼭대기에서 발끝까지 내가 마음에 든다는 규연 언니를 만날 수 있었다. 다른 사람을 그렇게 좋아해본 적 없었던 나에게 햇살같이 다가온 언니는 뮤지컬 클래스를 대신할 다른 음악 세계로 나를 이끌었다.

팝송에 인문학적 이야기를 감칠맛 나게 엮어 설명하는 박길호 선생님의 강의는 수강생들을 몰입시키는 힘이 있었다. 청중석의 푹신하고 빨간 의자에 묻혀 그날 들었던 음악들은 대부분 귀에 익은 팝송이었다. 모르고 지나쳤던 곡들을 다양한 주제로 풀어내는 선생님의 강의는 내가 호주에 살고 있던 1996년 1월 교통사고로 유명을 달리한 오빠를 생각나게 했다. 돌아가신 지 20년이 지난 오빠가 음악 속에서 생생하게 되살아났다. 오빠가 연주하는 기타 소리에 맞춰 노래를 따라 부르던 세 자매, 두 언니와 나는 참 행복했었다. 500곡 이상의 팝송 레퍼토리를 가진 오빠는 대학 시절 아르바이트로 노래 부르던 신촌 음악다방에서 인기가 대단했다. 나는 그런 오빠를 몹시도 따랐다. 아마도 나는 그때 뮤지컬 배우가 되고 싶다는 꿈을 꾸었던 것도 같다.

오빠와 연배가 비슷한 강사인 선생님의 이력이 흥미로웠다. 대학에서 경영학을 전공하고 기업체에서 근무하던 선생님은 하버드 경영대학원의 최고경영자 과정을 수료했다. 아프리카 말라위공화국에 병원을 세워 기증하는 업무를 담당하기도 했다. 그 인연으로 한국에서 개최한 G20 국가 정상 회담에 참석했던 무타리카 대통령의 민간 통역도 했다.

나는 중학교에 들어가기 전부터 오빠가 부르는 팝송을 들으며 자연스럽게 영어를 접했다. 팝송에는 영어의 관용적 표현이 자주 등장했는데, 그런 표현을 아주 쉽게 설명했던 우리 오빠처럼 박 선생님의 해석이 자상하고 친절했다. 수강생들은 가사의 뜻을 정확히 알게 되었다며 깊이 고개를 끄덕였다.

나는 오빠와의 추억을 공유하고 싶어서 두 언니를 박 선생님의 강의에 불렀다. 큰언니가 사업을 하고 있을 때라 명동에서 하는 강의 시간에 맞출 수가 없어 세 자매가 같이 들을 수 있는 성북동에서 하는 강의 시간으로 옮겼다. 평택에 사는 작은언니는 일주일에 한 번 문화 산책하듯 서울로 와 자매들이 다 같이 어울릴 수 있어 좋았다.

박 선생님은 SBS 라디오 〈이숙영의 파워 FM〉에서도 팝 해설을 진행했다. 팝 음악의 매력은 누구나 신나고 즐거운 노래를 통해 소중했던

지난날을 회상할 수 있다고 했으며, 현재에서 과거로 연결해주는 통로
가 된다는 것이었다. 팝 선호도의 변천사에 대해서도 해박한 지식으
로 사랑받는 음악을 중심으로, 감동적인 삶의 이야기를 생생하게 전달
해주었다. 큰언니는 방송인 이숙영 씨의 열렬한 팬이어서 좋아했지만,
방송은 오히려 작은언니가 애청했다.

　박 선생님은 팝송에 내재되어 있는 인문학적 주제로 역사를 관통하
며 여행과 건축 그리고 신화와 시문학에 이르기까지 방대한 분야를 통
합적으로 소개했다. 그 일환으로 '시를 노래하다'라는 주제의 강의가
있던 날, 김수영 시인의 시 「풀」을 떨리는 목소리로 낭독하던 미망인
김현경 여사를 박 선생님이 나에게 잘 모셔달라고 부탁했다. 강의에
초대되어 오셨던 김 여사는 박 선생님 강의에 매료되어 매주 성북동에
오셨다. 강의를 통해 음악적 공감과 결이 같은 인생관으로 인해 우리
는 친밀감이 쌓여가고 있었다. 나는 평소 존경하던 시인의 부인 김 여
사와는 현격한 나이 차에도 불구하고 점점 가까워졌다. 그래서 엄마와
딸이 되는 소중한 인연으로 이어질 수 있었다.

　엄마는 사람은 누구나 인생 속에 자신만의 기쁘고 즐겁고 가슴 벅찬
과거의 순간이 있는 반면 아프고 슬프고 외로운 시간 또한 있다고 하
셨다. 이런 시간을 추억으로 연결해주는 페이소스(pathos)가 있는 박 선
생님의 강의가 정말 좋다고 하셨다.

　나는 작곡가와 가수에 얽힌 사연을 재미있게 소개하는 것이 흥미로
웠고 노래와 함께 제공되는 영상은 미장센이 좋은 고화질의 영화를 보
는 듯했다. 박 선생님의 개인적 이야기도 재미있었는데, 모친이 시집

올 때 가져오신 RCA 전축으로 중학교 때 처음 들었던 팝송이 자신의 인생을 이쪽으로 이끌었다고 했다.

아마추어로 음악을 하는 사람들은 박 선생님의 강의가 구체적으로 도움이 된다고 했다. 팝송의 모든 장르를 인문학적으로 접근해 다루어 주니 귀에 쏙쏙 들어오며 지적 자극을 준다는 것이었다. 공연 뮤직비디오와 성공한 아티스트들의 사례까지 들어주니 예술 전반에 걸쳐 지식과 상식이 풍부해진다고 했다. 나이 지긋한 수강생들은 자식들도 해주지 못하는 여행을 문화 체험을 통해 풍요롭게 누릴 수 있다며 함께하는 시간이 서로를 성장시킨다고 기뻐했다.

2년 동안 일주일에 한 번 박 선생님의 강의를 들으며 다양한 사람들을 만나 달콤쌉쌀한 인연을 맺어가던 중 남편이 다시 동남아 총괄로 싱가포르에 가게 되었다. 여섯 번째 주재지였다. 이별을 가장 아쉬워한 분이 김현경 엄마와 규연 언니임에는 말할 나위가 없다. 우리 언니들은 동생이 싱가포르로 떠난 뒤 둘 다 할머니가 되었다. 큰언니는 태어난 손녀를 보러 미국에 갔고, 작은언니도 비슷한 시기에 태어난 외손녀를 돌보느라 팝 인문학 강의에 더 이상 가지 못했다. 3년 반을 싱가포르에서 지내고 남편이 퇴임하게 되어 우리는 한국으로 돌아왔다. 시아버님은 우리가 싱가포르에 머무는 동안 돌아가셨다. 해외에서 지내는 동안 부모님이 위독하실 때마다 수없이 비행기를 타고 먼 길을 오갔지만, 결국 임종을 지키기는 어려웠다. 소중한 인연이 이승에서 마감되는 순간이 가장 황망하고 가슴 아팠다.

호주 시드니를 시작으로 싱가포르까지 30년 세월의 경험을 글로 쓸 수 있도록 나를 문학의 세계로 이끌어 주신분이 김현경 엄마다. 규연 언니를 통해 엄마와의 소중한 인연을 맺을 수 있도록 해주신 박 선생님께 감사한다.

소중한 인연

이런 딸 하나 있으면 얼마나 좋을까

　"이런 딸 하나 있으면 얼마나 좋을까⋯⋯."
조용히 한숨을 내쉬듯 말씀하시며 김현경 여사께서 운전대 위에 놓인
내 손등에 살며시 손을 얹으시던 순간 "제가 딸 해드릴게요!" 내 입에
서 나도 모르게 흘러나온 말에 나 스스로 더 놀랐다. 취미로 수강하고
있던 인문학 강의에서 〈시를 노래하다〉라는 주제의 강의가 있던 날,
강사가 김수영 시인의 부인을 모셨다고 하면서 나에게 각별히 모셔달
라고 부탁하여 처음으로 김현경 여사를 뵙게 되었다.

　김수영 시인의 시, 「풀」이 강의실 빔 프로젝터 화면을 가득 채우고
떨리는 목소리로 시를 낭송하시던 여사의 눈에 눈물이 고였다. 강의가
끝난 후 댁에 모셔다드리겠다고 여쭈니 초면에 용인까지 멀어서 안 된
다며 전철역까지 데려다주는 것만도 고맙다고 하셨다. 당시 91세의 노
령에도 불구하고 전철을 타러 가시는 뒷모습에 서린 당당한 품격에 절
로 고개가 숙여졌다. 장맛비가 차창을 때리며 세차게 내리던 2017년
여름, 여사와 세 번째 만나뵙던 날, 강의를 함께 들은 수강생 중 한 분

의 초대로 몇 사람이 식사하러 가게 되었다. 차 안에서 아드님과의 통화를 끝내신 여사께서 딸이 없음을 아쉬워하며 그렇게 말씀하셨고, 그 쓸쓸하신 표정과 손길에 홀린 듯 나는 딸 노릇을 자처하게 되었다.

나에게는 현재 아버지랑 사시는 새엄마가 계시고, 20년 전에 돌아가신 생모도 계셨으므로 엄마만 세 분이나 모시게 되었다. 여간해서는 타인에게 먼저 가까이 다가서지 못했던 내게 심리적 변화가 일어난 순간이었다. 그날 이후 인간관계가 자연스럽게 확장되었음을 나는 지금 고백할 수밖에 없다. 항상 마음에 한정되어 있던 타인과의 관계에 대한 경계의 빗장이 그날부터 조금씩 풀려나가기 시작해서인지 지금은 어떤 사람도 스스럼없이 대하게 되었다. 엄마랑 대화를 나눌 때면 시간은 왜 그리 단숨에 지나가는지. 엄마 댁에서 저녁을 함께하고 식탁에 마주 앉으면 새벽이 되는 줄도 모르고 이야기꽃을 피우곤 했다. 그러는 사이 늘 만남에 설레며 모녀지정은 새록새록 쌓여갔다.

엄마와의 만남으로 새로운 세계의 지평이 열리게 된 것이다. 김수영 50주기 기념 출간회를 용인시청 컨벤션 홀에서 하던 날이었다. 행사 중 대독을 부탁한 김가배 시인의 수필을 낭독하기 위해 단상에 오를 기회가 생겼다.

낭독에 앞서 참석하신 분들 앞에 공식적으로 김현경 여사의 수양딸로서 인사를 드렸다. 모두 기쁘게 축하해주셨다. 엄마를 처음 뵈면 내가 그랬듯이 사람들 모두 깜짝 놀란다. 구순이라고 하기엔 너무 청초하고 아름다우신 모습과 총기 넘치시는 기억력 때문이다. 어떻게 그렇게 연도는 물론 날짜와 시간까지도 정확하게 기억하시는지. 게다가 명확한 발음으로 말씀마저 조리 있고 재미있게 하셔서 뵐 때마다 경이로움을 금할 수가 없다. 언제나 깨끗하게 머리 손질을 하시고 외출과 상관없이 매일 곱게 화장하신 모습으로 하루를 시작하신다. 그렇듯 평생 여성성을 지키시는 모습에서 김수영 시인과 동거 중이시라는 고백의 진정성을 느끼게 해주신다.

상주사심(常住死心)을 좌우명으로 여기셨던 김수영 시인의 정신에 나는 특히 공감한다. 나는 내가 선택하지도 원하지도 않았던 삶이 대책 없이 나에게 주어졌다는 사실을 인식한 순간부터 생이 턱없이 버겁게 느껴졌다. 늘 죽음만이 날 자유롭게 해줄 것이란 염세적 사유에서 맴돌았다. 그래서 삶과 죽음의 경계에서도 절대 자유를 추구하신 시인의 시를 한 편 한 편 경외심을 느끼며 읽게 되었다. 엄마는 김수영 시인의 시 중에서 「도취의 피안」을 수작으로 꼽으시고 나는 「달나라의 장난」을 제일 좋아한다. 시를 온전히 이해하기엔 내 실력이 턱없이 부족함을 느끼지만 그래도 좋다. 그래서일까? 이제는 염세적이거나 비관적 성향을 탈피하여 명확한 인식으로 나 자신을 들여다보기 시작했다. 나를 알아갈수록 나를 사랑하는 사람이 되어야만 완성된 사랑을 할 수 있음을 인식하고 있다. 그런 사랑의 힘으로 가족과 타인을 배려하며 살아가는 것이 지혜로운 삶이라는 사실을 다시금 새기게 된다.

아저씨라 불렀던 김수영 시인과의 만남에서부터 살아오신 이야기를 하나하나 들려주실 때마다 격동기의 한국사를 보는 듯 빠져들곤 했다. 유난히 큰 눈으로 태어나 문학소녀로 성장해 사랑과 이별, 결혼, 전쟁과 피란 시절, 그리고 사별하기까지 김수영 시인과 함께 겪었던 인생사를 생생하게 들려주셨다.

『조선일보』 주간과의 인터뷰를 위해 광화문 찻집에도 모시고 갔었다. 김수영 시인을 이야기하실 때 소녀처럼 수줍고 아리따운 표정으로 옛 기억을 또렷이 말씀하셨다. 그 기사 이후 연세대학교에서 김수영 시인에게 명예졸업장을 수여했다. 또한 총장님과 문리대 학장님의 관심으로 김수영 기념관 설립을 제안받으셨다.

엄마를 모시고 다니며 일을 진행하다 보니 김수영 시인의 훌륭한 시와 산문 작품들을 가까이 접할 기회가 많았다. 엄마는 김 시인이 100년에 한 번 나올 위대한 시인이라고 굳게 믿으시고 시인의 작품들을 널리 알리는 데 열정적으로 힘쓰시며 살아오셨다. 살아생전에 김수영 시인은 온몸으로 시를 썼다고 하셨다. 산고와도 같은 고통을 치르고 나서야 한 편의 시가 탄생하는데 엄마는 그 과정을 함께하셨다. 김수영 시인의 진정한 동반자로 살아오신 것이다.

엄마를 만나게 된 그해 남편은 회사의 동남아 총괄로 싱가포르에 주재하고 있었기 때문에 나 역시 남편과 함께 그곳에 머물러야 했다. 그렇지만 시아버님께서 위중한 건강 상태로 입원 중이셨고, 아들과 딸도 직장에 다니고 있어 나는 자주 한국을 왕래하며 생활했다. 그래서 엄마의 기사와 수행비서 역할을 하며 연세대학교의 김수영기념관 개관을 오롯이 도울 수 있었다. 빠듯하게 시간을 쪼개어 모든 일을 빈틈없이 해나가야 했지만 그 어느 때보다 보람된 시간이었다. 시부께서 타계하신 뒤에는 주로 싱가포르에서 남편과 함께 지내야 했기에 그리운 마음에 엄마를 싱가포르에 모시기도 했다. 가장 좋아하시는 장소인 내

셔널 갤러리에 모시고 갔을 때 그림을 감상하시며 작가의 이력과 작품을 가려내시는 안목에 경탄을 금할 수가 없었다.

엄마의 꿈은 구름을 그리는 화가였는데 30년 넘게 그림 컬렉터로서 활동하고 계신다. 지금도 현역이라는 자부심이 남다르다. 그곳에서 오래 눈길을 두었던 분홍 오리 봉제 인형을 구매해 선물로 드렸는데, 침대맡에 두시고 꼭 끌어안고 주무신다고 하셨다. 엄마 댁에 가면 종종 보여주시며 아끼신다. 혼자 계시는 것이 늘 마음이 쓰였던 탓에 다행이라고 여겼다. 해마다 싱가포르 집으로 모셔서 살갑게도 정성을 다해 준 남편 덕에 엄마는 장모로서의 복을 넘치게 누리신다며 마리나 베이 샌즈의 야경 속을 춤을 추시며 걷기도 하셨다. 센토사섬의 별식당에서 식사를 하실 땐 아까워서 먹을 수가 없다며 즐거워하셨다.

2019년 봄에는 천재 작곡가 김순남의 딸인 방송인 김세원 언니가 엄마와 함께 싱가포르에 오신 적도 있었다. 김순남 작곡가는 엄마의 육촌 오빠가 되므로 엄마는 김세원 언니의 고모가 된다. 청소년 시절 김세원 언니가 진행하시던 음악 방송의 광팬이었던 우리 부부는 얼마나 기쁘게 두 분을 맞이했던지!

더운 나라인데도 항상 깨끗하게 몸단장을 하시고 아침마다 식사를 준비하는 부엌으로 들어오셔서 돕겠다고 하셨다. 어디를 모시고 가더라도 기품 있고 씩씩하셔서 보는 외국인들마저 놀라워했다. 엄마의 딸로서 나는 아이처럼 자랑스러웠다.

2020년 94세 생신이었다. 한 해 전에 허리를 다쳐 부쩍 쇠약해진 엄마께 위로가 필요했다. 김수영 자료실 회원들을 초대하고 좋아하시는 과꽃으로 만든 꽃다발을 먼저 댁에 보내드렸다. 생신상 음식은 정성껏 요리해 엄마 댁에서 차려드렸다. 온 집안에 파티 장식을 하고 금빛 고깔모자를 씌워드리자 이런 생일잔치는 평생 처음이라시며 기뻐하셨다. 가끔은 처음 우리를 대하는 분이 김수영 시인의 숨겨진 딸이 나타난 거냐는 농담 섞인 질문을 하면 하늘에서 주신 세상에 없는 귀한 딸이라고 엄마는 대답하신다. 가슴 벅찬 칭찬의 말씀에 늘 부끄럽지만 아끼고 사랑해주심에 뿌듯한 기쁨이 있다.

　한 해가 저물고 새해가 시작되는 겨울이면 엄마는 손녀들을 보러 미국의 댈러스에 가신다. 코로나 상황인 데다가 허리를 다친 96세의 고령에도 다녀오셨다. 불굴의 정신력과 타고난 체력으로 존엄하고 당당하게 98세의 김현경 엄마는 분명 존재하신다. 항상 공기처럼 햇살처럼 동거 중이신 김수영 시인의 영혼이 함께하는 엄마 집에는 김수영 자료실 회원들이 드나들고, 많은 분들의 발길이 끊임없이 이어지고 있다. 나는 엄마와의 인연이 하늘에서 맺어준 축복이라 여기며 항상 감사한 마음이다.

　　　　　　　　　　　이런 딸 하나 있으면 얼마나 좋을까

긍정심리학의 아름다운 실제

맹문재

1.

금선주의 작품 세계에서는 주어진 환경에 적극적으로 적응하는 작가의 모습이 단연 돋보인다. 작가는 30년 동안 기업체의 해외 주재원 부인으로서 살아왔기 때문에 그의 삶은 일반인들과 비교해서 차원이 달랐다. 작가가 영위했던 외국 생활은 언어와 문화와 역사 등이 한국과 큰 차이가 있어 현지에 적응하는 데 많은 애로를 겪었다. 그렇지만 작가는 가족은 물론 주재원들과의 공동체 의식으로 난관들을 지혜롭게 헤쳐 나갔다. 주재원들의 행복은 물론 회사의 발전과 국위 선양에 그 나름대로 기여한 것이다.

금선주 작가는 긍정심리를 토대로 자신의 환경에 적응하고 있다. 긍정심리학은 미국 펜실베이니아대학교 심리학과 교수인 마틴 셀리그만(Martin E. P. Seligman)이 창시한 개념으로 기존의 심리학과 달리 인간의 약점보다는 강점을 내세운다. 삶의 과정에서 부족한 점을 보완하는 데 시간을 쓰기보다는 긍정적인 점을 살려내는 데 역점을 둔다. 삶을 불행하게 만드는 심리나 정서를 극복하기보다는 삶을 행복하게 만드는 미덕을 살린다. 개인의 강점을 계발해서 일, 사랑, 자녀 양육, 여가 활동 등의 삶의 현장에 활용해 행복을 실현하는 것이다. 자신감, 미래에 대한 희망, 인간관계의 신뢰 등의 긍정심리는 삶이 편안할 때보다 시련의 상황에서 큰 힘을 발휘한다. 용기, 정직, 공정성, 팀워크 등의 강점과 미덕도 마찬가지이다. 긍정심리학은 현재의 상태를 더 향상된 상태로 높이는 것으로 인생에 최선을 다하는 자세이다.*

긍정심리로 삶을 영위하는 작가의 태도는 환경에 능동적으로 적응하는 모습이다. 르네 듀보(Rene' Dubos)가 『적응하는 인간』에서 분류했듯이 적응에는 수동적인 적응과 능동적인 적응이 있다. 현대인들은 자동차의 배기가스, 도시의 악취, 교통 혼잡, 비정한 사건들, 즐거움이 없는 축하 행사 등등의 바람직하지 않은 환경에 지나치도록 잘 적응한다. 소극적으로 순응하는 것이다. 능동적인 적응은 소극적인 적응과 달리 적응할 만한 환경을 만들어간다. 삶의 토대가 타락하는 데에 몸을 맞추는 것이 아니라 그 환경을 개선해 인간 가치를 실현해가는 것이다.**

금선주 작가는 적극적이고 능동적인 자세로 자신의 환경을 끌어안는다. 자신과 다른 가치관이나 이해관계에 있는 사람들도 선입견으로 배척하기보다는 긍정하는 마음으로 관계를 맺는다. 마치 공자(孔子)가 세 사람이 길을 가면 그중에 반드시 스승이 될 만한 사람이 있다고 말씀한 것처럼 겸손한 자세로 상대방에게 도움이 되는 길을 선택한다. 때로는

* 마틴 셀리그만, 『긍정심리학』, 김인자 · 우문식 역, 물푸레, 2016, 12~17쪽.
** 르네 듀보, 『적응하는 인간』(하), 김숙희 역, 이화여자대학교 출판부, 1987, 420~435쪽.

어려움에 부딪혀 불안감이나 분노나 좌절감 등에 함몰되기도 하지만, 끝내 자신의 마음을 건져 올려 새롭게 출발한다. 하늘이 자신을 내려다보고 있다고 믿고 사람답게 살아갈 만한 세상을 다른 이들과 함께 이루어가는 것이다.

2.

상점이 즐비한 상가를 구경하며 걷는데 돌풍에 몸이 앞으로 쭈욱 밀렸다. 몸피가 얇은 편이긴 했지만 건강한 체격인 내가 바람에 붕 떠오른 건 순식간의 일이었다. 빌딩 사이로 회오리치는 바람 한가운데 내 몸이 솟구쳐 오르면서 꼭 잡고 있었던 아이의 손이 힘없이 풀려나갔고, 나는 빌딩 사이 크레바스처럼 입을 벌리고 있는 낭떠러지로 속절없이 떨어질 판국이었다. 목이 쉬게 아이를 부르며 땅을 향해 발을 뻗을수록 옆으로 더 솟으며 점점 밀려갈 뿐이었다.

이건 악몽일 거야 하는 순간, 어떤 손이 쑥 올라와 발목을 낚아채는 바람에 나는 그대로 바닥에 고꾸라졌다. 앞뒤 가리지 않고 점프했던 덩치 큰 호주의 아저씨와 함께! 그 아저씨는 세찬 바람에 밀려가고 있던 아들도 다른 한 손을 뻗어서 눌러 잡았다. 마주 오던 호주의 아주머니가 마침 아이를 막아 세워서 가능했다.

서른 살도 되지 않은 젊은 엄마였던 나는 현실인지 꿈인지 구별이 안 되는 상황이어서 괜찮냐고 묻는 사람들의 말에 대답도 못 한 채 엉금엉금 기어가 아이를 품에 안고 주저앉아 엉엉 울었다. 고맙다는 인사를 한마디의 영어로 밀어내지 못한 채 창피하고 당황스러워 눈물을 주체할 수 없었다. 한바탕의 소동에 몰려온 사람들의 다양한 빛깔의 걱정스러워하는 눈동자들에 둘러싸인 채였다.

　　　　　　　　　　　　　　　　　　　작품 해설

한참 지나 정신을 차리고 호주의 아저씨에게 고마운 마음으로 연락처를 묻자 그는 대답 대신 우리 모자의 어깨를 지그시 눌러 안심시키며 일어설 수 있겠느냐고 물었다. 아이를 먼저 일으켜 세우고 나도 겨우 일어서자 둘러선 사람들이 안도했다. 내가 걸을 수 있게 길을 터주는 사람들에게 고마운 마음이 들어 씩씩하게 걸음을 떼려는데 욱신거리며 발등이 쓰라렸다. 그래도 손뼉을 치며 좋아해주는 사람들의 응원에 힘입어 꾸벅꾸벅 인사를 하고 아이의 손을 꼭 잡고 똑바로 섰다. 아저씨도 우리를 구하느라 내던졌던 서류 가방을 챙겨다 준 사람에게 고맙다고 하더니 아이를 다시 잘 살폈다. 무릎이 까졌고 팔꿈치 아래도 긁혔으나 피가 많이 나지는 않았고 보채지도 않았다. 나도 발등과 손바닥에 찰과상으로 피가 거뭇하게 맺혔으나 크게 다친 곳은 없었다.

그래도 아저씨는 반드시 상처를 소독해야 한다면서 손가락으로 근처 약국을 가리켰다. 사태를 짐작하고 고개를 끄덕이며 고맙다고 했더니 그가 말했다.

"My pleasure!"

그 말은 순간 내 가슴에 아로새겨졌다. "감사합니다. 정말 고맙습니다!" 한국말로 정중하게 인사하고 기차로 한 정거장 떨어진 아타몬 집으로 아이와 함께 무사히 돌아왔다. "My pleasure!"…… 뇌리에서 떠나지 않았다. 고맙고 아름다운 그 말은 보석처럼 다가와 나의 삶에 많은 변화를 가져왔다.

—「저의 기쁨입니다!」부분

위의 작품의 화자는 복잡한 서류를 갖추어 회사의 일에 바쁜 남편을 대신해서 건강보험에 가입하고 돌아오다가 바람에 날린 일화를 소개하고 있다. 사람이 바람에 날려가는 경우를 한국에서는 상상하기가 쉽지 않지만, 화자의 구체적인 이야기는 의심할 여지가 없다. 화자가 첫 해외 주재지에서 겪었던 그 아찔한 상황은 결코 가볍거나 작은 일이 아니었다.

화자는 상점이 즐비한 상가를 즐겁게 구경하며 걷다가 돌풍에 몸이 앞으로 쭈욱 밀리는 상황에 맞닥뜨렸다. 빌딩 사이로 회오리치는 바람 한가운데 갇혀 솟구쳐 오른 것이었다. 함께 손을 잡고 오던 아이도 힘없이 풀려나갔다. 순식간에 일어난 일이어서 손쓸 사이가 없었다. 화자는 크레바스처럼 입을 벌리고 있는 빌딩 사이에 떨어질 판국이어서 땅을 향해 발을 뻗으려고 했다. 그렇지만 바람의 힘에 더 솟아오르며 밀려갈 뿐이었다.

그 위험한 순간, 어떤 손이 쑥 올라와 화자의 발목을 낚아채었다. 그 바람에 화자는 바닥에 고꾸라졌지만, 다행히 땅에 내려올 수 있었다. 화자를 도와준 사람은 호주의 한 시민이었다. 그는 위험한 상황에 놓인 화자를 발견하자 자신의 몸을 생각하지 않고 점프해서 구한 것이었다. 세찬 바람에 밀려가고 있던 아이도 잡아서 구해주었다. 그의 행동은 일찍이 맹자(孟子)가 측은지심(惻隱之心)을 설명하면서 어린아이가 우물에 빠지려고 할 때 아무 조건 없이 구해준 사람을 예로 든 것과 같다. 호주의 시민이 보여준 헌신적인 행동에서 인간의 본성이 선하다는 것을 새삼 확인한다.

화자는 현실인지 꿈인지 구별이 안 되는 상황이어서 주위 사람들이 괜찮냐고 물었지만 대답하지 못했다. 단지 엉금엉금 기어가 아이를 안고 주저앉아 엉엉 울기만 했다. 한 번도 겪어보지 못한 일이어서 창피하기도 하고 당황스럽기도 했다. 영어가 익숙하지 않아 단박에 고맙다는 인사도 하지 못했다.

화자는 한참 지나서야 정신을 차리고 자기를 도와준 그 시민에게 고맙다는 인사를 전했다. 아울러 사례를 하고 싶어 그의 연락처를 물었다. 그는 화자와 아이의 어깨를 지그시 눌러 안심시키며 일어설 수 있겠느냐고 걱정만 할 뿐 연락처를 알려주지 않았다. 상처를 소독해야 한다며 근처의 약국을 가리켜주기도 했다. 화자는 그 친절함에 거듭 고맙다는 인사를 했다. 그러자 그는 "My pleasure!"라고 대답했다. 화자는 그의 말에 크게 감동해 자신도 모르게 한국말로 "감사합니다. 정말 고맙습니다!"라고 또다시 감사의 인사를 전했다. 그리고 그의 말을 가슴에 새겼다.

화자는 살아오면서 해온 봉사나 후원 등의 선행이 호주의 그 시민이 아무런 대가를 바라지 않고 베푼 것에 비해 위선에 가까웠다고 반성했다. 대가를 바라고 행한 선행은 사람들과의 관계에서 갈등을 낳는다는 것도 깨달았다. 그 뒤 화자는 다른 사람이 자신에게 고맙다는 인사를 할 때마다 그 호주의 은인을 떠올리며 "저의 기쁨입니다!"라는 말을 답례로 했다. 그럴 때마다 듣는 사람이 좋아한 것은 물론 화자 자신도 격려와 축복을 받았다.

어린이 전용 병원 응급실은 아기들의 울음소리로 어수선하기만 했다. 병원에 도착하자마자 통역사를 청했다. 이민자가 많았던 호주는 병원에서 각 나라의 통역 서비스를 제공하고 있었다. 여러 가지 검사를 진행하는 동안 나는 배가 자꾸 돌면서 해산이 가까워지는 걸 느낄 수 있었다. 그러나 아이가 걷지 못하는 증상이 자꾸 마음에 걸렸다. 통역사에게 내가 보았던 다큐멘터리의 내용을 얘기하자 자신도 그 프로그램을 보았다고 했다. 아이 엄마에게는 아까부터 차마 하지 못했던 말을 통역사에게 하면서 아무래도 백혈병에 대한 검사를 받아보았으면 좋겠다고 했다. 통역사는 알았다며 모든 증상과 상황을 자세히 응급실 의사에게 통역해주었다. 그제야 속이 후련했다. 그러나 온종일 캡시로 다시 어린이 병원으로 극도로 긴장한 상태에서 다녔던 탓인지 다리가 퉁퉁 부어오르며 갑자기 배가 뭉치고 통증이 몰려왔다. 나는 또 다른 응급 환자가 되어 침대를 차지하고 누워 링거를 맞고 배 마사지를 받아야만 했다. 고된 회사 일에 시달리던 아이의 아빠가 새벽 2시가 되어서야 병원으로 달려와 비로소 나는 집으로 돌아올 수 있었다. 아이는 이틀 뒤 불행하게도 루키미아(Leukemia), 즉 백혈병이라는 진단을 받았다. 하늘이 무너지는 듯한 선고였지만, 아이는 살 운명이었음이 분명했다.

—「루키미아(Leukemia)」부분

위의 작품의 화자는 건설회사에 다니는 주재원의 집을 방문했다가 다섯 살 된 아이가 아파서 잘 걷지 못하는 모습을 보았다. 그 순간 텔레비전의 다큐 프로그램에서 어린이 전용 병원을 특집으로 마련해 방송했던 장면이 떠올랐다. 호주에는 어린이 혈액암 환자가 많아서 최고의 전문의가 그곳의 어린이 병원에 있었다. 그 의사를 중심으로 한 프로그램이었는데, 특히 혈액암의 초기 증상에 대해 자세하게 설명해주었다. 감기로 오인해 치료 시기를 놓쳐 병을 키우는 경우가 많았다. 화자는 아픈 아이의 모습을 보고 그 방송을 떠올렸고, 병원에 데려가서 백혈병 검사를 받아보면 좋겠다고 생각하고 주선한 것이었다. 그 아이는 다행히 조기에 백혈병을 발견해 치료를 받을 수 있게 되어 건강을 회복했다.

화자가 아픈 아이를 입원시키고 검사를 받도록 주선한 것은 지식이나 정보가 많아서이기도 했지만, 아픈 아이를 도와주고 싶은 마음이 강했기 때문이다. 화자는 출산을 앞두고 있어 몸을 무리하면 안 되었다.

실제로 화자는 온종일 극도로 긴장한 상태로 다녀서 다리가 퉁퉁 부어 오르고 배가 뭉쳐 통증이 몰려와 또 다른 환자가 되어 침대에 누워 링 거를 맞고 배 마사지를 받아야 했다. 그러한데도 불구하고 화자는 아이 의 상태가 급하다고 여기고 병원을 알아보고 통역사에게 도움을 구해 검사를 받을 수 있도록 나섰다. 화자가 헌신적으로 도움의 손길을 내밀 수 있었던 것은 '저의 기쁨입니다'라는 마음이 있었기 때문이다. 호주의 시민이 아무런 대가를 바라지 않고 화자에게 도움을 주었던 그 일을 가 슴속에 새기고, 답례로 아픈 아이에게 도움을 준 것이었다.

3

며칠 후 우리 동네로 꺾어지는 골목길 언저리에서 준이라고 불렸던 남자아이의 엉덩이를 호주인 아빠가 심하게 때리는 장면을 목격했다. 차를 운전하고 가다가 보았던 장면이라 약간은 두렵기도 했지만, 나는 그냥 지나칠 수가 없었다. 차를 갓길에 세우고 용기를 내어 다가가 한국 에서 입양한 아이들이냐고 물었다. 남자는 네가 관여할 일이 아니니 상 관 말라고 했다. 나는 피가 거꾸로 솟는 듯 분노를 느꼈다. 한국에서 영 화 〈수잔 브링크의 아리랑〉을 보며 아기 수출국이라는 오명이 부끄럽고 아팠는데, 해외에서 그 현장을 직접 맞닥뜨리게 될 줄은 꿈에도 몰랐다. 슬프고 참담해 온몸이 떨렸으나 내가 할 수 있는 일은 당신이 아이를 때 리는 것을 보아서 유감이라고 말하는 것뿐이었다.

남자는 흠칫 놀라 아이가 차 안에다가 오줌을 싸서 버릇을 고치기 위 해 훈육하는 거라고 안절부절못하며 뒤늦게 변명했다. 떨리는 마음을 주체하기 힘들었지만 나는 다시 침착하게 말했다. 말로 해도 충분히 알 아들을 수 있을 테니 아이를 다시 길거리에서 때리는지 앞으로 쭉 지켜보겠다고 했다. 그러자 조수석에 있던 여자가 얼른 차에서 내려와 다시는 그런 일이 없을 거라며 사과했다. 나는 나에게 사과할 필요는 없고 아이에게 때린 걸 사과하라고 버텼다. 남자는 발가벗겼던 준이에게 여자가 가져온 새 옷을 입히고 둘이 같이 아이를 안으며 미안하다고 사과했다.

—「영이와 준이」 부분

　위의 작품의 화자는 동네의 골목길 언저리에서 준이라고 불리는 남자아이가 호주인 아빠에게 심하게 엉덩이를 맞는 장면을 목격하고 다가갔다. 이국에서 낯선 사람에게 항의하는 일은 두려운 일이었지만, '저의 기쁨입니다'라는 마음을 가졌기에 그냥 지나칠 수 없었다. 화자는 그 호주인에게 한국에서 입양한 아이냐고 묻자, 그는 당신이 관여할 일이 아니니 상관하지 말라고 무시했다. 화자는 한국인으로서 아기가 수출되는 현실을 목전에서 확인했기에 심한 분노와 참담함과 슬픔을 느꼈다. 그리하여 온몸이 떨렸지만, 용기를 가지고 유감을 강하게 표현했다.

　화자의 당찬 항의에 준이를 때리던 호주인 아빠는 흠칫 놀라며 아이가 차에 오줌을 싸서 버릇을 고치기 위해 훈육한 것이라고 변명했다. 화자는 말로 충분히 훈육할 수 있는 아이에게 폭력을 행사해서는 안 된다며 물러서지 않았다. 앞으로 계속 지켜보겠다는 경고도 전했다. 그러자 조수석에 앉아 있던 아이의 엄마가 차에서 내려 다시는 그러한 일이 없도록 하겠다고 사과했다. 아이의 아빠도 준이에게 옷을 입히며 미안하다고 사과했다.

　호주 정부는 인구 증가 정책으로 이민자는 물론 입양아를 적극적으

　　　　　　　　　　　　　　　　　　작품 해설

로 받아들였고, 그에 따라 입양아 부모들에게 다양한 혜택을 주었다. 위의 부부가 그 예로, 그들은 해외에서 입양한 아이들을 키우며 정부가 주는 수당으로 살아가고 있었다. 따라서 그들이 화자에게 건넨 사과는 진정성이 의심되는 것이었다. 돌아서는 화자에게 제 나라에서 팔아치운 아이를 사람 되라고 키워주는데 왜 주제넘게 간섭하느냐고 투덜댄 것에서 확인된다. 화자는 주저앉아 울고 싶었지만, 다시 다가가 당신들은 아이에 대한 의무를 다해야 한다고, 그렇게 하는지 계속 지켜보겠다고 침착하게 말했다.

화자는 주재원 부인들의 모임에 나가서도 입양아 문제의 해결책을 모색했다. 구체적인 방안을 마련할 수 없었지만, 입양된 아이들에게 관심을 가지고 지켜보자는 의견을 모았다. 그와 같은 주재원들의 관심은 실제로 효과가 있었다. 아이들을 입양한 호주인들은 한국인들이 정부에 신고해서 양육권을 박탈당하지 않을까 하는 조심스러운 눈빛을 보였고, 그러는 동안 아이들은 하루가 다르게 자라나고 있었다.

11학년 남학생이 서스펜션(suspension) 당했다던데 아세요? 교칙을 잘 몰라서 당한 거래요. 익스펄션(expulsion)은 또 뭐예요? 하교 시간에 맞춰 아이를 데리러 학교에 가니, 교문에서 엄마들이 웅성거리는 소리가 들렸다. 정학이나 퇴학을 영어로 뭐라고 하는지 몰랐던 건 나도 마찬가지였다. 대부분의 엄마들은 그런 일이 자기 아이들에게 닥칠 것은 생각하지 못했다. 그 말을 듣자, 알고 피하는 것과 모르고 당하는 것은 다르다는 생각이 들었다. 학교의 교칙 안내서는 아주 얇았다. 그렇지만 모르는 단어를 사전을 뒤져가며 읽어도 쉽게 이해되지 않았다. 미국 학교의 교칙이 한국의 경우와 다른 것도 많았다. (중략)

유치원부터 12학년까지 아이들이 다니는 ASM에는 한국 아이들이 50명에 달했다. 이탈리아 학생들이 가장 많았고, 한국이 두 번째, 미국이 세 번째로 많았다. 학생 수가 500명에 불과한 작은 학교였는데, 무려 150개국의 아이들이 다니는 다국적 학교였다. 학부모 대표가 되어보니 학교와 여러 분야의 소통이 시급했다. 대표단을 정비하고 모든 일은 회의를 통해서 결정하자고 했다. 결정된 사항은 온라인에 학부모 소통의 장을 만들어 공유했다. 무엇보다 학교와 학부모 공동체 간의 대화가 필요했다. 첫해를 소통의 해로 정하고 학교 이사장을 비롯해 각 학년 선생님과 학부모들 간의 간담회를 열었다. 학부모들은 그동안 궁금하거나 건의하고 싶었던 것들을 해결할 수 있다며 반겼다.

교칙을 한국어로 번역하는 작업도 했다. 문제가 됐던 정학이 무엇인지 퇴학이 무엇인지부터 알아야 할 것 같았다. 일어날 수 있는 상황에 대비해 아이들이 무사히 학교를 마칠 수 있도록 하는 것이 학부모가 해야 할 일이라는 생각이 들었다. 무엇이 아이들을 위한 부모의 태도인지에 대한 진지한 대화를 나누었는데, 자녀들이 스스로 내면적 가치를 느끼고 자신을 사랑하는 삶을 주도적으로 꾸려나갈 수 있도록 돕는 것이 부모의 주된 역할이라는 데 의견이 모아졌다. 그것을 위해 학교의 교칙을 정확하게 아는 것이 필요했다.

—「교칙 번역 프로젝트」부분

해외 주재원들은 어쩔 수 없이 자녀를 외국 학교에 보내야 했고, 그에 따른 불편함이나 불이익을 감수해야만 했다. 주재원 자녀들이 학교생활에서 겪는 대부분의 불이익은 교칙을 잘 몰라서였다. 언어의 소통을 원만하게 할 수 없는 형편이므로 학교의 교칙을 정확하게 이해하지 못한 것이었다.

작품 해설

그는 주재원 자녀들이 모르고 당하는 것과 알면서도 피하는 것은 다르다고 생각하고 문제의 해결에 나섰다. 학부모 대표를 맡고 있었기에 책임감이 더 생겼다. 주재원 자녀들은 밀라노에 있는 아메리칸 스쿨에 다니고 있었다. 그는 학교와 학부모 간의 소통이 필요하다는 것을 느끼고 학교의 이사장과 각 학년 선생님과의 간담회를 주기적으로 열어 문제점들을 해결해 나갔다.

또한 학교의 교칙을 한국어로 번역하는 작업을 했다. 자녀들이 스스로 내면적 가치를 느끼고 자신의 삶을 주도적으로 꾸려나갈 수 있도록 돕는 것이 부모의 역할이라고 생각하고, 아이들이 교칙을 제대로 알 수 있도록 한 것이었다. 학부모들은 역량을 발휘하며 번역 작업에 매진했다. 교칙을 다 외우는 정도까지 되어 결국 이전보다 학교의 전반을 알게 되었다.

위와 같은 사례에서 보듯이 해외 주재원들은 환경에 수동적으로 적응하는 것이 아니라 능동적으로 적응한다. 자녀들이 교칙을 제대로 알고 학업에 매진할 수 있도록 환경을 개선한 것이다. 그는 물론 주재원들이 '저의 기쁨입니다'라는 마음을 가지고 함께했기에 가능했다.

4

사랑의 다리라고 불리는 카펠교 아래로 미끄러지듯 우아하게 헤엄쳐 왔다. 관광객들이 던져주는 빵 부스러기 따위를 기대하는 것 같았다. 그 백조들의 모습을 보고 있자니 주재원들과 부인들의 삶이 생각났다.

유럽의 가전제품 시장은 치열했다. 독일의 기업들이 선점한 시장에 미국 기업들의 제품이 상당히 파고들고 있었다. 게다가 네덜란드는 국민 기업인 필립스사의 제품을 소비자들이 압도적으로 선호했다. 네덜란드 법인의 대표로 발령이 난 남편은 자사의 제품을 홍보하고 판매율을 올리기 위해 밤을 낮 삼아 일했다. 언제나 일에 매진해 남편의 신경은 늘 날카로웠다. 하루는 아침 식탁에서 집안일을 상의하던 남편이 한 가지씩 정확히 확인하며 짚고 넘어가는 모습을 보던 아이들이 아빠, 엄마는 부하 직원이 아니에요라고 놀릴 정도였다. 주재원들의 생활은 늘 팽팽하게 당겨진 활시위 같았다. 열심히 일하는 남편을 내조하는 부인들도 늘 긴장하며 생활했다. 그래서 물 위에서 우아하게 보이는 주재원 부인들의 삶이 물 아래서 발을 무한하게 움직이는 백조 같다는 생각이 들었다. 남편이 네덜란드 법인장으로 발령 나서 근무를 시작했을 때 TV 시장 점유율은 단연코 네덜란드 기업인 필립스사가 1위를 차지하고 있었다. 남편 회사의 제품 점유율은 20퍼센트 미만에 불과했다. 주재원들은 필립스사를 난공불락의 존재로 여겨 그 회사의 제품에 도전하는 것 자체를 무의미하다고 생각하고 있었다.

남편은 퇴근 후 저녁을 먹고 산책하면서도 머릿속을 회사 일로 꽉 채웠다. 유럽 시장에 맞는 디자인으로 법인의 효과적 마케팅 전략을 세우려고 했다. 블라인드 테스트처럼 여러 상품을 섞어놓고 당신 같으면 어떤 제품을 고르겠냐고 다짜고짜 묻기도 했다. 제품을 일일이 설명하면서 물어볼 때도 있었다. 직원들의 팀워크를 최고로 끌어올리려면 어떻게 해야 할지 고민하며 걷다가 집을 지나치기도 했다.

—「카펠교의 백조」 부분

주지하다시피 해외 주재원은 기업의 세계화 추세에 따라 점점 중요해지고 있다. 해외 주재원의 성공은 기업 경영 차원에서 매우 기대하는 과제이자 목표이다. 그만큼 필요성이 크지만 목표를 달성하기가 쉽지 않은 것이다. 주재원들은 외국어의 사용이 능통해야 하는 것은 물론

이고 현지 적응을 제대로 해야 한다. 현지의 역사, 문화, 전통, 종교, 정치, 경제, 노동 시장, 국민성 등을 제대로 이해하고 파악해야만 시장성을 획득할 수 있는 것이다.

위의 글에서도 치열한 네덜란드 가전제품 시장에서 분투하는 한국 주재원들의 생생한 모습을 볼 수 있다. 화자의 남편은 자사의 제품을 홍보하고 판매율을 올리기 위해 밤낮을 가리지 않고 일한다. 네덜란드 시장을 선점한 독일 기업의 제품들과 시장을 무섭게 파고드는 미국 기업의 제품들, 게다가 자국의 제품을 압도적으로 선호하는 네덜란드 소비자들의 시장에 한국 기업의 제품이 파고들기는 쉽지 않았다. 그리하여 주재원들의 생활은 늘 팽팽하게 당겨진 활시위 같았고, 열심히 일하는 남편을 내조하는 주재원 부인들도 긴장할 수밖에 없었다. 화자가 물 위에서 우아하게 보이는 주재원 부인들의 삶이 실제로는 물 아래서 발을 무한하게 움직이는 백조와 같다고 생각한 것은 당연하다. 백조들도 남편들 못지않게 현지 적응을 치열하게 해나간 것이었다.

> 띵—똥! 벨이 울려 나가보면 정성껏 만든 음식과 쪽지가 얌전히 놓여 있었다. 이웃 주재원 부인들의 따뜻한 마음이었다. 우리가 살던 아파트는 한 층에 하나뿐인 아파트 현관문이 승강기였다. 심하게 아파 몸겨누운 것을 어떻게 알았는지 죽을 끓여 와 현관문에 매달아놓고 가기도 했다. 가장 힘들고 괴로운 날들을 하루하루 버틸 수 있게 해준 응원 같은 이웃의 정성이 눈물 날 정도로 고마웠다. (중략)
>
> 페이라가 열리면 그동안 고마웠던 부인들을 불러내 사탕수수즙과 파스테우를 사고, 채소와 과일도 사서 나눴다. 부인들은 손사래를 치며 물러났지만, 나는 그렇게라도 고마운 마음을 갚고 싶었다. 몸이 회복되는

기간이 더디어 페이라만으로는 부족했다. 그동안 내가 사준 식재료는 요리되어 오롯이 우리 집으로 되돌아오고 있었다. (중략)

아이들의 진로 문제를 걱정하던 모 기획사 주재원의 부인이 안내했던 카페 옥타비아에서 브런치를 먹으며 함께 고민을 풀어나갔다. 나는 동기부여 강사를 몇 년 했던 경험을 살려 진지하게 조언해주었다. (중략) 아이들의 고민을 해결했다는 소문이 카페에서의 식사 이후 났던지 주재원 부인들이 나에게 여러 가지 상담을 해왔다. 나는 식사를 내면서 부인들과 허심탄회하게 가정사와 아이들의 문제를 의논했다. 그나마 내가 할 수 있는 역할이 있어서 행복한 시간이었다. 늘 나를 괴롭히는 통증을 감당하며 긴장감 속에서 살아야 했던 브라질에서의 생활이었지만, 치자꽃을 보면 상파울루에서 용기를 북돋아주었던 이웃들의 향기가 떠오른다.

—「치자꽃 향기」부분

위의 작품의 화자는 브라질에서 주재원의 부인으로 생활하는 동안 이전 주재원 생활에서 당한 사고 후유증으로 심한 고통을 겪었다. 이탈리아에서 차를 강탈하는 강도들에 대항하는 과정에서 온몸을 다친 것이었다. 몸에 염증이 생기고 통증이 몰려와 부엌칼조차 쥘 수 없었다. 손을 쓸 수 없으니 요리를 할 수 없었고, 식사조차 제대로 하기 어려웠다. 허리 통증으로 앉기도 힘들었고, 몸을 가누기도 어려웠다.

힘든 처지에 놓인 화자를 일으켜 세워준 것은 주재원의 가족들이었다. 주재원 부인들은 정성껏 음식을 만들어 가져왔고 쾌차하기를 응원했다. 그들의 따뜻한 마음과 도움으로 화자는 힘들고 괴로운 날들을 견뎌낼 수 있었다. 화자는 기회가 될 때마다 고마움을 베푼 주재원 부인들을 시장으로 불러내 사탕수수즙이나 파스테우 등을 대접했고 채소와 과일을 사서 나누었다. 부인들은 손사래를 쳤지만 화자는 그렇게라도 보답하고 싶었다. 그리고 동기 부여 강사를 했던 경험을 살려 부인들의 고민에 대해 조언해주었다. 주재원 가족들이 안고 있는 가정사와 아이들의 진로 문제를 해결하는 데 성심성의껏 도운 것이었다. 화자는 어떠한 대가를 바라지 않았고, 단지 자신이 할 수 있는 역할이라고 기쁘게 여겼다.

화자의 자세야말로 주어진 환경에 적극적으로 적응한 모습이다. 화자는 치열한 시장 경쟁을 추구하는 기업체의 해외 주재원 부인으로 생활하는 동안 많은 갈등과 불안과 애로를 겪었다. 화자는 그 난관들을 긍정적인 마음으로 극복해 나갔다. 개인의 능력뿐만 아니라 주재원 가족들과의 협력으로 공동체의 이익을 실현한 것이었다.

'저의 기쁨입니다'…… 호주의 한 은인이 들려준 "My pleasure!"를 실천하는 화자의 이 말은 참으로 겸손하다. 참으로 부드럽고 따듯하고 품이 넓다. 참으로 평온하고 선하고 향기가 난다. 참으로 단단하고 힘이 세다. 그리고 참으로 인간답다.

孟文在 | 문학평론가 · 안양대 교수

푸른사상 산문선